书·美好生活
Book & Life

书,当然要每日读。

从前的我也很可爱啊

[日]石川啄木 著

周作人 译

北京时代华文书局

目录

《石川啄木：从前的我也很可爱啊》中的话
总序　周作人的"日常" / 董炳月　001

一握砂　001
爱自己的歌　007
烟　036
秋风送爽　056
难忘记的人们　066
脱手套的时候　093

可悲的玩具　115

叫子和口哨　157
无结果的议论之后　161
一勺可可　163
书斋的午后　164
激论　165
墓志铭　167
打开了旧的提包　170
家　171
飞机　174

叫子和口哨补遗 175
无结果的议论之后（一） 176
无结果的议论之后（八） 178
无结果的议论之后（九） 180

可以吃的诗 183

代跋
周作人：石川啄木的诗歌是我所顶喜欢的 201

编后记 205

总序

周作人的"日常"

董炳月

中国社会科学院文学研究所研究员、博导
中国鲁迅研究会常务副会长、秘书长

周作人1967年5月6日离开人世,距今已经半个多世纪。他在八十岁那年的日记中表明心迹,说"人死声消迹灭最是理想",但他这理想未能实现。他留下了大量著作与译作,留下了许多照片。他"活"在文学史上,"活"在当今的文化生活中。不言而喻,现在是"活"在这套丛书中。

周作人的神情,可谓超然、冷静。他中年之后的每一张照片,几乎都在展示那种出家人式的超然、冷静。周作人认为自己是和尚转世,在《五十自寿诗》中称"前世出家今在家"。光头,形象也接近出家人。相由心生,文如其人。周作人的超然、冷静,是可以用其作品来印证的。代表性的作品,就是那些说古道今、回忆往事的散文,谈茶、谈酒、谈点心、谈野菜、谈风雨的散文。也就是本丛书中《我这有限的一生》《都是可怜的人间》《日常生活颂歌》这三本散文集收录的作品。本质上,周作人的超然与冷静,与其散文的日常性密切相关。这种日常性,亦可称为"世俗性"或"庶民性"。在周作人这里,"日常"是一种价值,一种态度,也是一种书写方式。因此他追求"生活的艺术",主张"平民文学",获得了"自己的园地"。

年轻时代的周作人,也曾是忧国忧民、放眼世界的热血青年。五四时期,他投身新文化建设,倡导新村运动,参与发起了文学研究会。周作人获得超然、冷静的日常性,是在中年之后。确切地说是在1920年代中后期。他在1923年7月18日写给鲁迅的绝交信中说:"大家都是可怜的人间。我以前的蔷薇的梦原来都是虚幻,现在所见的或者才是真的人生。我想订正我的思想,重新入新的生活。"人生观开始改变。1925年元旦写短文《元旦试笔》,声称"我的思想到今年又回到民族主义上来了。""五四时代我正梦想着世界主义,讲过许多迂远的话,去年春间收小范围,修改为亚洲主义。及清室废号迁宫以后,遗老遗少以及日英帝国的浪人兴风作浪,诡计阴谋至今未已,我于是又悟出自己之迂腐,觉得民国根基还未稳固,现在须得实事求是,从民族主义做起才好。"思想起伏颇大。1926年经历了"三一八惨案"的冲击,1928、1929年间写《闭户读书论》《哑吧礼赞》《麻醉礼赞》等文,于是进入"苦雨斋",喝"苦茶"并且"苦住",最终在世俗生活中建立起"日常"的价值观。不幸的是,1939年元旦遭枪击,在内外交困之中出任伪职。所幸,日本战败,晚年周作人在社会的边缘向日常性回归。《老虎桥杂诗》中的作品，就体现了这种回归。

上文所引"大家都是可怜的人间"一语中的"人间"是个日语汉字词，意思是"人"。鲁迅的《人之历史》一文，1907年12月在东京《河南》月刊上发表时，题目本是《人间之历史》。1926年鲁迅将其编入《坟》的时候，改文题中的"人间"为"人"。精通日语者，中文写作难免打上日语印记。不过，周作人这里使用的"人间"一词，大概也表达了一种超越个人的"人间情怀"。他1926年6月7日写的杂文《文人之娼妓观》，就引用了陀思妥耶夫斯基《罪与罚》中大学生拉斯科尔尼科夫的那句"我是跪在人类的一切苦难之前"，并说"这样伟大的精神总是值得佩服的"。词汇的微妙体现了思想的微妙。

在周作人这里，"日常"与"非日常"保持着或隐或显的对应关系。

周作人深受日本文化的影响，而日本文化的日常性、世俗性、庶民性正是他钟情的。他赞美日本人简单朴素的生活方式，喜爱日本浮世绘，翻译了日本名著《浮世澡堂》《浮世理发馆》。本丛书中清少纳言的《枕草子》与石川啄木的《从前的我也很可爱啊》，同样包含着这种日常性。

关于清少纳言与其《枕草子》，周作人在其中文译本的后记

003

中做了说明。他将《枕草子》的内容分为三类——类聚、日记、感想，从其分类可见，"散文"之于《枕草子》，是体裁也是精神。早在1923年，周作人在《歌咏儿童的文学》一文中言及《枕草子》，即称赞其"叙述较详，又多记宫廷琐事，而且在机警之中仍留存着女性的优婉纤细的情趣，所以独具一种特色"。日常性，本是清少纳言观察生活的主要视角。她在《枕草子》中写道："那些高贵的人的日常生活，是怎么样的呢？很是想知道，这岂不是莫名其妙的空想么？"（卷十二）推敲《枕草子》的书名，亦可推敲出散文式的自由与散漫。在日语中，"草子"本是"册子"（或"草纸"）的谐音词，"枕草子"中的"草子"即"册子"之意。但是，为何是写作"枕草子"而不是写作"枕册子"？在我看来，写作"枕草子"的结果，是书名与日语固有词"草枕"（くさまくら）发生了关联。"草枕"一词体现了日本传统游记文学的自由精神。束草为枕，乃旅寝、暂眠之意。夏目漱石亦有小说名作《草枕》（1906年）。

石川啄木（1886—1912）二十六岁病故，与其说是英年早逝不如说是夭折。五四后期他就受到周作人的关注。周作人编译的现代日本小说集《两条血痕》（开明书店1927年出版），收录了石川啄木的同题小说《两条血痕》。周作人在这篇小说后面的译者附记（写于1922年8月1日）中介绍石川啄木的生平与创作，说《两条血痕》"是一种幼时的回忆，混合'诗与真实'而成，很有感人的力量。他的诗歌,尤为著名,曾译其诗五首登《新青年》九卷四号,又短歌二十一首,载在《努力》及《诗》第五号上"。至1959年翻译《可以吃的诗》,周作人翻译石川啄木作品的时间长达近四十年。他喜爱石川啄木的作品,不仅是因为石川作品混合了"诗与真实",也不仅是因为他与石川同样悲观于生命的偶然与短暂,而且与石川作品的日常性、日本性有关——结合石川的诗歌来看尤其如此。《一握砂》《可悲的玩具》两本诗集中,多有描写日常生活的诗。"扔在故乡的/路边的石头啊,/今年也被野草埋了吧。""茫然的/注视着书里的插画,/把烟草的烟喷上去看。"等等。有的诗吟咏的日常生活过于琐细,因此如果不反复阅读就无法品味其中近于禅味的诗意。这两本诗集收录的都是三行一首的短诗。这种"三行诗"的形式并非偶然形成,而是石川啄木受到其好友、歌人土岐善麿(1885—1980)罗马字诗集*NAKIWARAI*（可译为《泣笑》）的三行诗启发,刻意追求的。在周作人看来,短小的形式最适合表现日本诗歌的美的特质。他在《日本的诗歌》（约作于1919年）一文中说:"短诗形的兴盛,在日本文学上,是极有意义的事。日本语很是质朴和谐,做成诗歌,每每优美有余,刚健不足;篇幅长了,便不免有单调的地方,所以自然以短为贵。"

清少纳言与石川啄木,能够在日常生活中品出味道、发现美，是因为他们有一颗"日常"的心，并且身处日本的精细文化之中。在《枕草子》中，清少纳言描写日常生活情景之后，经常重复那句"这是有意思的"，可见其品味生活的自觉性。石川啄木，甚至能够把自己丰富的情感投射到海岛沙滩上的一把沙子（"一握砂"）中。这两位日本作家生活的时代相差近千年，而他们同样为周作人所喜爱。周作人翻译他们的作品，是发现、认同他们的同一性，也是发现自我。

这五本书中，三本是创作，两本是翻译，但保持着精神与美学的一致性。由此能够读懂周作人，读懂他与日本文化的共鸣，读懂现代中国文化史的重要侧面。更重要的是，我们通过这种阅读，能够感受到丰富的日常性，深化对日常性的理解。对于我等往来于世俗生活之中的芸芸众生来说，"日常"是一种常态，是生命本身，因而是尊贵的。

2018年12月31日序于寒蝉书房

他的诗歌是我顶喜欢的。

我们并不为别人的缘故而生活着,我们乃是为了自己的缘故而生活着的。

爱惜刹那刹那的生命之心。
爱惜那在忙碌的生活之中,浮到心头又复即消去的刹那刹那的感觉之心。

一握砂

这个歌集的名字是根据集中第二首和第八首歌而来的。一九一〇年十一月一日由东云堂书店出版。根据岩波书店版《啄木全集》第一卷译出。

函馆的郁雨宫崎大四郎[1]君

同乡友人文学士花明金田一京助[2]君

　　此集呈献于两君。我仿佛已将一切开示于两君之前，故两君关于此处所作的歌，亦当一一多所了解，此我所深信者也。

　　又以此集一册，供于亡儿真一之前。将此集稿本，交给书店手里，是你生下来的早晨。此集的稿费作了你药饵之资，而我见到此集的清样则在你火葬的夜里了。

著者

---

　　[1]　宫崎大四郎是啄木在函馆认识的朋友，郁雨是他的号。

　　[2]　金田一京助是啄木在盛冈中学时的高年级同学，是啄木的好朋友，花明是他的号。啄木生活困难时，他们在经济上给了啄木一家人很大帮助。

明治四十一年[3]夏以后所作一千余首中间,选取五百五十一首,收入此集。集中五篇以感兴的由来相近而假为分卷,《秋风送爽》则明治四十一年秋的纪念也。

著者

---

[3] 一九〇八年。

爱自己的歌

一　在东海的小岛之滨，
　　我泪流满面，
　　在白砂滩上与螃蟹玩耍着[4]。

二　不能忘记那颊上流下来的
　　眼泪也不擦去，
　　将一握砂给我看的人。

三　对着大海独自一人，
　　预备哭上七八天，
　　这样走出了家门。

―――
〔4〕 这首歌作于一九〇八年六月二十四日，登在七月号的《昴星》上。

四　　　用手指掘那砂山的砂，
　　　　出来了一支
　　　　生满了锈的手枪。

五　　　一夜里暴风雨来了，
　　　　筑成的这个砂山，
　　　　是谁的坟墓啊。

六　　　在这一天，
　　　　我匍匐在砂山的砂上，
　　　　回忆着遥远的初恋的苦痛。

七　　　横在砂山脚下的，漂来的木头，
　　　　我环顾着四周，
　　　　试着对它说些话。

八　　　没有生命的砂，多么悲哀啊！
　　　　用手一握，
　　　　悉悉索索的从手指中间漏下。

九　　　湿漉漉的
　　　　吸收了眼泪的砂球，
　　　　眼泪可是有分量的呀。

一〇　　在砂上写下
　　　　一百余个"大"字,
　　　　断了去死的念头,又回来了。

一一　　醒了还不起来,儿子的这个脾气
　　　　是可悲的脾气呀,
　　　　母亲啊,请勿责备吧。

一二　　一块泥土和上口水,
　　　　做出哭着的母亲的肖像,——
　　　　想起来是悲哀的事情。

一三　　我在没有灯光的房里;
　　　　父亲和母亲
　　　　从隔壁拄着手杖出来[5]。

一四　　玩耍着背了母亲,
　　　　觉得太轻了,哭了起来,
　　　　没有走上三步。

---

〔5〕 这首歌和第十四首、第十六首均作于一九〇八年六月二十五日。

一五　　飘然的走出家,
　　　　飘然的回来的脾气啊,
　　　　朋友虽然见笑……

一六　　像故乡的父亲咳嗽似的
　　　　那么咳嗽了,
　　　　生了病觉得人生无聊。

一七　　少女们听了我的哭泣,
　　　　将要说是像那
　　　　病狗对着月亮号叫吧。

一八　　在什么地方轻轻的有虫鸣着似的
　　　　百无聊赖的心情
　　　　今天又感到了。

一九　　觉得心将被吸进
　　　　非常黑暗的洞穴里去似的,
　　　　困倦的就睡了。

二〇　　但愿我有
　　　　愉快的工作,
　　　　等做完再死吧。

二一　　在拥挤的电车的一角里,
　　　　缩着身子,
　　　　每晚每晚我的可怜相啊。

二二　　浅草的热闹的夜市,
　　　　混了进去,
　　　　又混了出来的寂寞的心。

二三　　想把爱犬的耳朵切了来看,
　　　　可哀呀,这也由于这颗心
　　　　对事物都倦了吧。

二四　　哭够了的时候,
　　　　拿起镜子来,
　　　　尽可能的作出种种脸相。

二五　　眼泪啊,眼泪啊,
　　　　真是不可思议啊,
　　　　用这洗过了之后,心里就想游戏了。

二六　　听到母亲吃惊的说话,
　　　　这才注意了,——
　　　　用筷子正敲着饭碗呢。

二七　　躺在草里边，
　　　　没有想着什么事，
　　　　鸟儿在空中游戏，在我的额上撒了粪。

二八　　我的胡子有下垂的毛病，
　　　　使我觉得生气，
　　　　因为近来很像一个讨厌的人。

二九　　森林里边听见枪声，
　　　　哎呀，哎呀，
　　　　自己寻死的声音多么愉快。

三〇　　耳朵靠了大树的枝干，
　　　　有小半日的工夫，
　　　　剥着坚硬的树皮。

三一　　"为这点事就死去吗？"
　　　　"为这点事就活着吗？"
　　　　住了，住了，不要再问答了！

三二　　偶然得到的
　　　　这平静的心情，
　　　　连时钟的报时听起来也很好玩。

三三　　忽然感觉深的恐怖，
　　　　一动也不动，
　　　　随后静静的摸弄肚脐。

三四　　走到高山的顶上，
　　　　无缘无故的挥挥帽子，
　　　　又走下来了。

三五　　什么地方像是有许多人
　　　　竞争着抽签的样子，
　　　　我也想要去抽。

三六　　生气的时候，
　　　　必定打破一个缸子，
　　　　打破了九百九十九个，随后死吧[6]。

三七　　时常在电车里遇见的那矮个子的
　　　　含怒的眼睛，
　　　　这阵子使我感到不安了[7]。

---

〔6〕　这首歌作于一九〇八年七月十六日。
〔7〕　这首歌作于一九〇九年四月二日。

三八　　来到镜子店的前面，
　　　　突然的吃惊了，
　　　　我走路的样子显得多么寒伧啊。

三九　　不知怎的想坐火车了，
　　　　下了火车
　　　　却没有去处。

四〇　　有时走进空屋里去吸烟，
　　　　哎呀，只因为想
　　　　一个人待着。

四一　　无缘无故的觉得寂寞了
　　　　就出去走走，我成了这么个人，
　　　　至今已是三个月了。

四二　　把发热的面颊
　　　　埋在柔软的积雪里一般，
　　　　想那么恋爱一下看看。

四三　　可悲的是，
　　　　给那满足不了的利己的念头
　　　　缠得没有办法的男子。

四四　　在房间里，

　　　　摊开手脚躺下，

　　　　随后静静的又起来了。

四五　　像从百年的长眠里醒过来似的，

　　　　打个呵欠，

　　　　没有想着什么事。

四六　　抱着两只手，

　　　　近来这么想：

　　　　让大敌在眼前跳出来吧。

四七　　我会到了个男子，

　　　　两手又白又大，

　　　　人家说他是个非凡的人[8]。

四八　　想要愉快的

　　　　称赞别人一番；

　　　　寂寞啊，对于利己心感到厌倦了。

---

　　〔8〕　这首歌作于一九〇九年三月二十二日。"非凡的人"指东京朝日新闻社主笔池边三山。当时啄木是该社校对，池边很器重他，叫他帮助做《二叶亭四迷全集》的编辑工作。

四九　　天下了雨，
　　　　我家的人脸色都阴沉沉的，
　　　　雨还是晴了才好。

五〇　　有没有
　　　　用从高处跳下似的心情，
　　　　了此一生的办法呢？

五一　　这些日子里，
　　　　胸中有隐藏着的悔恨，——
　　　　不叫人家笑我。

五二　　听见谄媚的话，
　　　　就生气的我的心情，
　　　　因为太了解自己而悲哀啊。

五三　　把人家敲门叫醒了，
　　　　自己却逃了来，多好玩呀，
　　　　过去的事情真可怀恋呀。

五四　　举止装作非凡的人，
　　　　这以后的寂寞，
　　　　什么可以相比呢。

五五　　他那高大的身子
　　　　真是可憎呀，
　　　　到他面前说什么话的时候[9]。

五六　　把我看作不中用的
　　　　歌人的人，
　　　　我向他借了钱。

五七　　远远的听见笛子的声音，
　　　　大概因为低着头的缘故吧，
　　　　我流下泪来了。

五八　　说那样也好，这样也好的
　　　　那种人多快活，
　　　　我很想学到他的样子。

五九　　把死当作
　　　　常吃的药一般，
　　　　在心痛的时候。

---

[9]　这首歌发表于一九一〇年三月十九日，回忆一年前初入朝日新闻社时的事。"他"指朝日新闻社总编辑佐藤北江。

六〇　　路旁的狗打了个长长的呵欠,
　　　　我也学它的样,
　　　　因为羡慕的缘故。

六一　　认真的拿竹子打狗的
　　　　小孩的脸,
　　　　我觉得是好的。

六二　　发电机的
　　　　沉重的呻吟,多么痛快呀,
　　　　啊啊,我想那样的说话!

六三　　好诙谐的友人死后
　　　　面上的青色的疲劳,
　　　　至今还在目前。

六四　　给性情易变的人做事,
　　　　深深的觉得
　　　　这世间讨厌了。

六五　　像龙似的在天空上跃出,
　　　　随即消灭了的烟,
　　　　看起了没有餍足。

六六　　愉快的疲劳呀，
　　　　连气也不透，
　　　　干完工作后的疲劳。

六七　　假装睡着，勉强打呵欠，
　　　　为什么这样做呢？
　　　　因为不愿让人家觉察自己的心事。

六八　　停住了筷子，忽然的想到，
　　　　于今渐渐的
　　　　也看惯了世间的习气了。

六九　　早晨读到了
　　　　已过了婚期的妹妹[10]的
　　　　像是情书似的信。

七〇　　我感到一种湿漉漉的
　　　　像是吸了水的海绵似的
　　　　沉重的心情。

---

[10] 啄木的妹妹叫光子，后嫁给三浦清一。

七一　　死吧死吧，自己生着气，
　　　　沉默着的
　　　　心底的黑暗的空虚。

七二　　人家在说话，
　　　　只见他那野兽似的脸，
　　　　一张一闭的嘴。

七三　　父母和儿子，
　　　　怀着不同的心思，静静的对着，
　　　　多么不愉快的事呀。

七四　　没有死成的
　　　　是乘那只船，
　　　　参加那一趟航海的一个旅客。

七五　　眼前的点心碟子什么的，
　　　　想要嘎嘎的咬碎它，
　　　　真是焦躁呀。

七六　　很会笑的青年男子
　　　　要是死了的话，
　　　　这个世间总要寂寞点吧。

七七　　无端地想要
　　　　在草原上面跑一跑，
　　　　直到喘不过气来。

七八　　穿上新洋服什么的，
　　　　旅行去吧，
　　　　今年也这么想过。

七九　　故意的灭了灯火，
　　　　睁着眼想着，
　　　　那是极平常的事情。

八〇　　在浅草凌云阁[11]的顶上，
　　　　抱着胳膊的那天，
　　　　写下了长长的日记。

八一　　这是寻常的玩笑么，
　　　　拿着刀装出死的样子，
　　　　那个脸色，那个脸色。

―――――――
　　〔11〕　凌云阁在浅草公园里，有十二层楼，俗称"十二阶"。一九二三年关东大地震时被破坏。

八二　喊喊嚓嚓的说话声逐渐高起来，
　　　手枪响了，
　　　人生终局了。

八三　有时候
　　　想要像小孩似的闹着玩，
　　　不是恋爱着的人该做的事吧。

八四　一出了家门，
　　　日光温暖的照着，
　　　深深的吸了一口气。

八五　疲倦的牛的口涎，
　　　滴滴嗒嗒的
　　　千万年也流不尽似的。

八六　在路旁铺石上边，
　　　有个男子抱着胳膊；
　　　仰脸看着天。

八七　我看着那群人，
　　　不知怎的带着不安的目光
　　　抡着铁镐。

八八　　今天从我心里逃出去了，
　　　　像有病的野兽似的
　　　　不平的心情逃出去了。

八九　　宽大的心情到来了，
　　　　走路的时候
　　　　似乎肚子里也长了力气。

九〇　　只因为想要独自哭泣，
　　　　到这里来睡了，
　　　　旅馆的被褥多舒服呀。

九一　　朋友啊，别讨厌，
　　　　乞食者的下贱，
　　　　饿的时候我也是这般。

九二　　新墨水的气味，
　　　　打开塞子时，
　　　　沁到饥饿的肚子里去的悲哀。

九三　　悲哀的是，
　　　　忍住了嗓子的干燥，
　　　　蜷缩在夜寒的被窝里的时候。

九四　哪怕只让我低过一次头的人，
　　　都死了吧！
　　　我曾这样的祈祷。

九五　跟我相像的两个朋友：
　　　一个是死了，
　　　一个出了监牢，至今还病着。

九六　有着丰富的才能，
　　　却为妻子的缘故而烦恼的友人，
　　　我为他而悲哀。

九七　吐露了心怀，
　　　仿佛觉得吃了亏似的，
　　　和朋友告别了。

九八　看着那阴沉沉的
　　　灰暗的天空，
　　　我似乎想要杀人了[12]。

---

〔12〕　这首歌作于一九一〇年十月十三日，啄木在歌中对所谓"大逆事件"表示愤激之情。"大逆事件"又名"幸德秋水事件"。幸德秋水（一八七一至一九一一年）是日本杰出的革命家。一九一〇年，日本反动政府为了镇压社会主义运动，借口"谋刺"明治天皇的罪名，在全国范围内逮捕了数百名社会主义者和无政府主义者，对其中二十六人加以起诉，一九一一年一月把幸德秋水等十二人处以死刑。

九九　　只不过有着平凡的才能,
　　　　我的友人的深深的不平,
　　　　也着实可怜啊。

一〇〇　谁看去都是一无可取的男子来了,
　　　　他摆了一通架子又回去:
　　　　有像这样可悲的事么?

一〇一　不管怎样劳动,
　　　　不管怎样劳动,我的生活还是不能安乐:
　　　　我定睛看着自己的手[13]。

一〇二　将来的事好像样样都看得见,
　　　　这个悲哀啊,
　　　　可是拂拭不掉。

一〇三　正如有一天。
　　　　急于想喝酒,
　　　　今天我也急于想要钱。

---

〔13〕 这首歌作于一九一〇年七月二十六日。

一〇四　　喜欢玩弄水晶球，
　　　　　我这颗心
　　　　　究竟是什么心啊。

一〇五　　没有什么事，
　　　　　而且愉快的长胖着，
　　　　　我这个时期多不满足啊。

一〇六　　想要一个
　　　　　很大的水晶球，
　　　　　好对着它想心事。

一〇七　　对自夸的友人
　　　　　随口应答者，
　　　　　心里好像给予一种施舍。

一〇八　　一天早晨从悲哀的梦里醒来时，
　　　　　鼻子里闻到了
　　　　　煮酱汤的香气！

一〇九　　空地里笃笃的琢石头的声音，
　　　　　在耳朵里响，
　　　　　直到走进家里。

一一〇　多么可悲呀，
　　　　仿佛头里边有个山崖，
　　　　每天有泥土在坍塌。

一一一　就像远方有电话铃响着一样，
　　　　今天也觉耳鸣，
　　　　悲哀的一天呀。

一一二　有泥垢的夹衣的领子啊，
　　　　悲哀的是
　　　　带着故乡的炒核桃的气味。

一一三　想死得不得了的时候，
　　　　在厕所里躲过人家的眼泪，
　　　　装了可怕的脸相。

一一四　目送着一队兵走过去，
　　　　我感到悲哀了，
　　　　看他们是多么没有忧虑啊。

一一五　这一天同胞的脸
　　　　显得卑鄙不堪，
　　　　就躲在家里吧。

一一六　　下一次的休息日就睡一天看吧，
　　　　　这样想着，打发走了
　　　　　三年来的时光。

一一七　　有时候觉得我的心
　　　　　像是刚烤好的
　　　　　面包一样。

一一八　　滴答滴答的
　　　　　落下的雨点，
　　　　　在我疼痛的头里震着的悲哀呀。

一一九　　有一天，
　　　　　把屋里的纸门重新裱糊了一遍，
　　　　　因此这一天就心平气和了。

一二〇　　心想这样是不行的，
　　　　　站了起来，
　　　　　听见门外有马嘶声。

一二一　　茫然的站在廊子里，
　　　　　粗暴的推那门，
　　　　　立刻就开了。

一二二　　定睛看着
　　　　　吸了黑的和红的墨水
　　　　　变得干硬的海绵。

一二三　　那天晚上我想写一封
　　　　　谁看见了都会
　　　　　怀念我的长信。

一二四　　有没有那一种药?
　　　　　淡绿色的,
　　　　　喝了会使身体像水似的透明的药?

一二五　　平常盯着洋灯觉得厌倦了,
　　　　　三天的工夫
　　　　　和蜡烛的火亲近。

一二六　　有一天觉得
　　　　　人类不用的语言,
　　　　　只有我一个人知道似的。

一二七　　寻求新的心情,
　　　　　今天又彷徨着来到
　　　　　名字也不知道的街上。

一二八　　友人似乎都显得比我伟大的一天，
　　　　　我买了花来，
　　　　　和妻子一同欣赏。

一二九　　我在这里
　　　　　干什么呢？
　　　　　有时像这样吃了一惊，望着室内。

一三〇　　有人在电车里吐唾沫；
　　　　　连这个
　　　　　也使我心痛。

一三一　　想要找个游玩到天亮，混过时光的地方；
　　　　　想到家里，
　　　　　心里凉了[14]。

一三二　　可悲呀，人人都有家庭，
　　　　　正如走进坟墓里似的，
　　　　　回去睡觉。

---

　　[14]　这首歌和下一首均作于一九一〇年十月十三日。啄木的妻子堀合节子和婆婆不合，啄木因此很苦恼。啄木在一八九九年即和节子相识，一九〇五年结婚。

一三三　　想显示什么不可思议的事,
　　　　　人家都在吃惊的时候,
　　　　　自己就消逝掉。

一三四　　人人的心里边,
　　　　　都有一个囚徒
　　　　　在呻吟着,多么悲哀呀。

一三五　　挨了骂,
　　　　　哇的一声就哭出来的儿童的心情;
　　　　　我也想要有那种心情。

一三六　　连偷窃这事我也不觉得是坏的。
　　　　　心情很悲哀,
　　　　　可以躲避的地方也没有。

一三七　　怯弱的男子
　　　　　有一天感觉到了
　　　　　像解放的女人〔15〕似的悲哀。

---

〔15〕　指新式的女人。

一三八　　院子里的石头上，
　　　　　当的把手表扔去，
　　　　　从前的我发怒的样子很可怀念。

一三九　　涨红了脸生了气，
　　　　　到了第二天
　　　　　又没什么了，使我觉得寂寞。

一四〇　　焦急的心啊，你悲哀了，
　　　　　来吧来吧，
　　　　　且稍微打点呵欠什么的吧。

一四一　　有个女人，
　　　　　挖空心思不违背我的嘱咐，
　　　　　看着时也是可悲啊[16]！

---

〔16〕　这首歌作于一九一〇年九月九日，第一四二至一四六各首也是同时作的。

一四二　　我在秋天的雨夜曾经骂过
　　　　　我们日本的没志气的
　　　　　女人们[17]。

一四三　　生为男子？又同男子交际，
　　　　　总是吃亏，
　　　　　为这个缘故吧，秋天像是沁进了身体。

一四四　　我所抱的一切思想
　　　　　仿佛都是没有钱而引起的；
　　　　　秋风吹起来了。

一四五　　写了无聊的小说觉得高兴的
　　　　　那个男子多可怜啊，
　　　　　初秋的风。

―――――――

〔17〕　这首歌骂日本女人没志气。参看《叫子和口哨》中的《书斋的午后》。一九〇八年六月二十二日社会主义者在神田锦辉馆开会，发生了高揭红旗事件，菅野清子等被捕，当时啄木作了一些歌，收在未发表的歌稿《闲暇的时候》里。其中谈到菅野的有两首歌：
"你这女士啊，
乞将红的叛旗
亲手缝了赐给我吧。"
"你若是男子，
将已有两个大都市
给烧掉了吧。"
从这两首歌里，可以知道啄木对女人的期望。

一四六　　秋风来了，
　　　　　从今天起我不想再和那肥胖的人
　　　　　开口说话了。

一四七　　今天有了这样一种心情：
　　　　　好像在笔直的
　　　　　看不到头的街上走路。

一四八　　不想忘记那
　　　　　什么事也不惦念，
　　　　　匆匆忙忙度过的一天。

一四九　　笑着说什么事都是钱，钱，
　　　　　过了一会儿
　　　　　忽然又起了不平的念头。

一五〇　　让什么人
　　　　　用手枪来打我吧，
　　　　　像伊藤一样的死给他看[18]。

---

　　[18]　这首歌和第一五一首均作于一九一〇年九月九日，伊藤即伊藤博文（一八四一至一九〇九年），日本驻朝鲜的统监，一九〇九年在哈尔滨为朝鲜爱国志士安重根所击毙。

一五一　　我做了个梦：
　　　　　桂首相[19]"呀"的一声握住了我的手,
　　　　　醒来正是秋天夜里的两点钟。

---

〔19〕　桂首相即桂太郎（一八五〇至一九一六年），日本军人内阁的首相。

烟

一

一五二　　生了病似的
　　　　　思乡之情涌上来的一天，
　　　　　看着蓝天上的烟也觉得可悲。

一五三　　轻轻的叫了自己的名字，
　　　　　落下泪来的
　　　　　那十四岁的春天，没法再回去呀[20]。

一五四　　在蓝天里消逝的烟，
　　　　　寂寞的消逝的烟呀，
　　　　　与我有点儿相像吧。

---

〔20〕　这首歌作于一九〇八年六月二十三日。啄木在一八九八年入盛冈中学，这是指第二年的事情。

一五五　　那回旅行的火车里的服务员，
　　　　　不料竟是
　　　　　我在中学时的友人。

一五六　　暂时怀着少年的心情，
　　　　　看着水从唧筒里冲出来，
　　　　　冲得多愉快啊。

一五七　　师友都不知道而谴责了，
　　　　　像谜似的
　　　　　我的学业荒废的原因[21]。

一五八　　从教室的窗户里逃出去，
　　　　　只是一个人，
　　　　　到城址里去睡觉。

一五九　　在不来方的城址的草上躺着，
　　　　　给空中吸去了的
　　　　　十五岁的心。

――――――

[21] 啄木在中学一、二年级时成绩很好，到三年级时成绩就差了。这一方面是由于和堀合节子的恋爱问题的关系，一方面也是因为对学问发生了怀疑。他念到中学五年级时，突然以"家事上的关系"为理由，向学校请求退学。

一六〇　　说是悲哀也可以说吧,
　　　　　事物的味道,
　　　　　我尝得太早了。

一六一　　仰脸看着晴空,
　　　　　总想吹口哨,
　　　　　就吹着玩了。

一六二　　夜里睡着也吹口哨,
　　　　　口哨乃是
　　　　　十五岁的我的歌。

一六三　　有个喜欢申斥人的老师[22],
　　　　　因为胡须相像,外号叫"山羊",
　　　　　我曾学他说话的样子。

一六四　　同我在一起,
　　　　　对小鸟扔石子玩的
　　　　　还有退伍的大尉的儿子。

---

[22]　指盛冈中学数学教员富田子一郎,他是啄木那班的级任老师。

一六五　　在城址的
　　　　　石头上坐着，
　　　　　独自尝着树上的禁果。

一六六　　后来舍弃了我的友人，
　　　　　那时候也在一起读书，
　　　　　一起玩耍。

一六七　　学校图书馆后边的秋草，
　　　　　开了黄花，
　　　　　至今不知道它的名字。

一六八　　花儿一谢，
　　　　　就比人家先换上白衣服
　　　　　出门去了的我呀。

一六九　　现在已去世的姐姐[23]的爱人的兄弟，
　　　　　曾跟我很要好，
　　　　　想起来觉得悲哀。

---

[23]　指啄木的大姐定子。

一七〇　　也有个年轻的英语教师，
　　　　　暑假完了，
　　　　　就那么不回来了。

一七一　　想起罢课的事情来，
　　　　　现今已不那么兴奋了，
　　　　　悄悄的觉得寂寞[24]。

一七二　　盛冈中学校的
　　　　　露台的栏杆啊，
　　　　　再让我去倚一回吧。

一七三　　把主张说有神的朋友，
　　　　　给说服了，
　　　　　在那校旁的栗树底下。

一七四　　内丸大街的樱树叶子
　　　　　被西风刮散，
　　　　　我悉悉索索的踏着玩。

---

〔24〕　指一九〇一年啄木上三年级的时候，领导同学进行的罢课。当时盛冈中学的老教员排斥新教员，使新教员没法待下去。三、四年级的学生共同商量学校革新的方法，由啄木起草质问校长，两班学生全体罢课，结果学生胜利，老教员大部分被撤职或转任别处。

一七五　　那时候爱读的书啊，
　　　　　如今大部分
　　　　　并不流行了。

一七六　　像一块石头，
　　　　　顺着坡滚下来似的，
　　　　　我到达了今天的日子。

一七七　　含着忧愁的少年的眼睛，
　　　　　羡慕小鸟的飞翔，
　　　　　羡慕它且飞翔且唱歌。

一七八　　解剖了的
　　　　　蚯蚓的生命可悲伤呀，
　　　　　在那校庭的木栅底下。

一七九　　我眼睛里燃着对知识的无限欲求，
　　　　　使姐姐担忧，
　　　　　以为我是恋爱着什么人。

一八〇　　把苏峰[25]的书劝我看的友人，
　　　　　　早已退学了，
　　　　　　为了贫穷的关系。

一八一　　我一个人老是笑
　　　　　　那博学的老师，
　　　　　　笑他那滑稽的手势。

一八二　　一个老师告诉我，
　　　　　　曾有人恃着自己有才能，
　　　　　　耽误了前程。

一八三　　当年学校里的头一号懒人，
　　　　　　现在认真的
　　　　　　在劳动着。

一八四　　乡下老般的旅行装束，
　　　　　　在京城里暴露了三天，
　　　　　　随后回去了的友人啊。

---

〔25〕 即德富苏峰（一八六三至一九五七年），明治初期的文人，后来成为日本反动政府的御用记者。

一八五　　在茨岛的栽着松树的街道上，
　　　　　和我并走的少女[26]啊，
　　　　　恃着自己的才能。

一八六　　生了眼病戴上黑眼镜的时候，
　　　　　在那个时候
　　　　　学会了独自哭泣。

一八七　　我的心情，
　　　　　今天也悄悄的要哭泣了，
　　　　　友人都走着各自的道路。

一八八　　比人先知道了恋爱的甜味，
　　　　　知道了悲哀的我，
　　　　　也比人先老了。

一八九　　兴致来了，
　　　　　友人[27]垂泪挥着手，
　　　　　像醉汉似的说着话。

────
　　〔26〕　指板垣玉代，啄木的爱人堀合节子的小学和中学时的同学。
　　〔27〕　指金田一京助。

一九〇　分开人群进来的
　　　　我的友人拿着
　　　　同从前一样的粗手杖。

一九一　写好看的贺年信来的人，
　　　　和他疏远，
　　　　已有三年的光景。

一九二　梦醒了忽然的感到悲哀，
　　　　我的睡眠
　　　　不再像从前那样安稳了。

一九三　从前以才华出名的
　　　　我的友人现在在牢里；
　　　　刮起了秋风。

一九四　有着近视眼，
　　　　做出诙谐的歌的
　　　　茂雄[28]的恋爱也是可悲呀。

---

[28] 指小林茂雄，啄木在盛冈中学时和同学们一起组成的文学小组"白羊会"的同人之一。

一九五　　我妻的从前的愿望
　　　　　原是在音乐上，
　　　　　现在却不再歌唱[29]。

一九六　　友人有一天都散到四方去了，
　　　　　已经过了八年，
　　　　　没有成名的人。

一九七　　我的恋爱
　　　　　初次对友人公开了的那夜的事，
　　　　　有一天回想起来。

一九八　　像断了线的风筝似的，
　　　　　少年时代的心情
　　　　　轻飘飘的飞去了。

---

〔29〕　这首歌发表于一九一〇年十一月号的《昴星》上。堀合节子毕业于盛冈女学校，对音乐很有兴趣。也长于唱歌，但因家境关系，没能升音乐学校。

二

一九九　　故乡的口音可怀念啊，
　　　　　到车站的人群中去，
　　　　　为的是听那口音。

二〇〇　　像有病的野兽似的，
　　　　　我的心情啊，
　　　　　听了故乡的事情就安静了。

二〇一　　忽然想到了，
　　　　　在故乡时每天听见的麻雀叫声，
　　　　　有三年没听到了。

二〇二　　去世的老师
　　　　　从前给我的
　　　　　地理书，取出来看着。

二〇三　　从前的时候
　　　　　我扔到小学校的板屋顶上的球，
　　　　　怎样了呢？

二〇四　　扔在故乡的
　　　　　路旁的石头啊,
　　　　　今年也被野草埋了吧。

二〇五　　分离着觉得妹妹很可爱啊,
　　　　　从前是个哭嚷着
　　　　　想要红带子的木屐的孩子。

二〇六　　两天前看见了高山的画,
　　　　　到了今晨
　　　　　忽然怀念起故乡的山来了。

二〇七　　听着卖糖的唢呐,
　　　　　似乎拾着了
　　　　　早已失掉了的稚气的心。

二〇八　　这一阵子
　　　　　母亲也时时说起故乡的事,
　　　　　已经入了秋天。

二〇九　　没有什么目的,
　　　　　说起乡里的什么事情,
　　　　　秋夜烤年糕的香味。

047

二一〇　　涩民村多么可怀恋啊,

　　　　　回想里的山,

　　　　　回想里的河。

二一一　　卖光了田地来喝酒,

　　　　　灭亡下去的故乡的人们,

　　　　　有一天使我很关心。

二一二　　哎呀,再过不久,

　　　　　我所教过的孩子们,

　　　　　也将舍弃故乡而出去吧。

二一三　　和从故乡出来的

　　　　　孩子们相会,

　　　　　没有能胜过这种喜悦的悲哀。

二一四　　像用石头追击着似的,

　　　　　走出故乡的悲哀,

　　　　　永远不会消失[30]。

----

　　[30]　这首歌叙述离开家乡的悲哀。啄木的父亲原是涩民村宝德寺的僧侣。一九〇二年十月啄木念到中学五年级时退学,十一月到东京去,第二年二月在东京生病。他父亲为了凑钱接他回乡,就私自把宝德寺的树木卖掉,结果受到处分,被撤除僧侣的职务。啄木在一九〇五年结婚,一九〇六年四月在涩民小学教书。一九〇七年四月领导学生罢课,反对校长,被开除教职。那年三月,啄木的父亲出走,到青森县野边地去住,一方面是因为没希望回到宝德寺去,另一方面是因为家里贫困。五月里,啄木带妹妹光子到北海道去,打发妻子回娘家,把母亲托给朋友照看,至此全家离散。

二一五　　杨柳柔软的发绿了。
　　　　　看见了北上川的岸边，
　　　　　像是叫人哭似的。

二一六　　故乡的村医的妻子[31]的
　　　　　用朴素的梳子卷着的头发
　　　　　也是很可怀念。

二一七　　那个来到村里的登记所的
　　　　　男子生了肺病，
　　　　　不久就死去了。

二一八　　在小学校和我争第一名的
　　　　　同学所经营的
　　　　　小客店啊。

二一九　　千代治[32]他们也长大了，
　　　　　恋爱了，生了孩子吧，
　　　　　正如我在外乡所做的那样。

---

　　[31]　这里的村医的妻子指当时在涩民村惟一的医生濑川彦太郎的妻子，名叫爱子。第二二〇首中提到的那个女人也是爱子。第二三二首中所说年轻的医生是濑川。
　　[32]　即工藤千代治，啄木在小学时的同学。第二一八首歌中所谈到的也是他。

二二〇　　我记起了那个女人：
　　　　　有一年盂兰会的时候，
　　　　　她说借给你衣服，来跳舞吧。

二二一　　有着痴呆的哥哥
　　　　　和残废的父亲的三太多悲哀啊，
　　　　　夜里还读着书。

二二二　　同我一起曾骑了
　　　　　栗色的小马驹的，
　　　　　那没有母亲的孩子的盗癖啊。

二二三　　外褂的大花样的红花
　　　　　现今犹如在眼前，
　　　　　六岁时候的恋爱。

二二四　　连名字都差不多要忘记了的时候，
　　　　　飘然的忽而来到故乡。
　　　　　老是咳嗽的男子。

二二五　　木匠的左性子的儿子等人
　　　　　也可悲啊，
　　　　　出去打仗不曾活着回来。

二二六　　那个恶霸地主的
　　　　　生了肺病的长子，
　　　　　娶媳妇的日子打了春雷。

二二七　　萝卜花开得很白的晚上，
　　　　　对着宗次郎，
　　　　　阿兼又在哭着诉说了[33]。

二二八　　村公所的胆小的书记，
　　　　　传说是发疯了，
　　　　　故乡的秋天。

二二九　　我的堂兄，
　　　　　在山野打猎厌倦了之后，
　　　　　喝上了酒，卖了家屋，得病死了。

二三〇　　我走去执着他的手，
　　　　　哭着就安静下去了，
　　　　　那喝醉酒胡闹的从前的友人。

二三一　　有个喝了酒
　　　　　就拔了刀追赶老婆的教师，
　　　　　被赶出村去了。

---

[33]　宗次郎原名沼田总次郎，歌中把"总"改为"宗"。他住在啄木对门，常常喝醉酒，和妻子阿兼争吵。

二三二　　每年生肺病的人增加了，
　　　　　村里迎来了
　　　　　年轻的医生。

二三三　　想去捕萤火虫，
　　　　　我要往河边去，
　　　　　却有人[34]劝我往山路去。

二三四　　因了京城里的雨，
　　　　　想起雨来了，
　　　　　那落在马铃薯的紫花上面的雨。

二三五　　哎呀，我的乡愁，
　　　　　像金子似的
　　　　　清净无间的照在心上。

二三六　　没有一同玩耍的朋友的，
　　　　　警察的坏脾气的孩子们，
　　　　　也是可悲啊。

---

〔34〕　指啄木在小学任教时的同僚堀田秀子。第二四九首歌中提到的秀子也是她。

二三七　布谷鸟叫的时候，
　　　　说是就发作的
　　　　友人的毛病不知怎么样了。

二三八　我所想的事情
　　　　大概是不错的了，
　　　　故乡的消息到来的早晨。

二三九　今天听说
　　　　那个运气不好的鳏夫
　　　　专心在搞不纯洁的恋爱。

二四〇　有人[35]在唱赞美歌，
　　　　为的是让我
　　　　镇定烦恼的心灵。

二四一　哎呀，那个有男子气概的灵魂啊，
　　　　现今在哪里，
　　　　想着什么呀？

---

〔35〕 指啄木在小学任教时的同僚上野佐米子。她是基督教徒，第二四三首歌中谈到的年轻的女人也是她。

二四二　　在朦胧的月夜,
　　　　　把我院子里的白杜鹃花,
　　　　　折了去的事情不可忘记啊。

二四三　　头一次到我们村里,
　　　　　传耶稣基督之道的
　　　　　年轻的女人。

二四四　　雾深的好摩原野的车站,
　　　　　早晨的
　　　　　虫声想必很凌乱吧。

二四五　　列车的窗里,
　　　　　远远见到北边故乡的山
　　　　　不觉正襟相对。

二四六　　踏着故乡的泥土,
　　　　　我的脚不知怎的轻了,
　　　　　我的心却沉重了。

二四七　　进了故乡先自伤心了,
　　　　　道路变宽了,
　　　　　桥也新了。

二四八　不曾见过的女教师，
　　　　站在我们从前念过书的
　　　　学校的窗口。

二四九　就在那个人家的那个窗下，
　　　　春天的夜里，
　　　　我和秀子同听过蛙声。

二五〇　那时候神童[36]的名称
　　　　好悲哀呀，
　　　　来到故乡哭泣，正是为了那事。

二五一　故乡的到车站去的路上，
　　　　在那河旁的
　　　　胡桃树下拾过小石子。

二五二　对着故乡的山，
　　　　没有什么话说，
　　　　故乡的山是可感谢的。

────────

　　[36]　啄木五岁时上涩民小学，成绩优异，有神童之称。

秋风送爽

二五三　　遥望故乡的天空，
　　　　　独自升上高高的房屋，
　　　　　又忧愁的下来了。

二五四　　皎然与白玉比白的少年，
　　　　　说是秋天到了，
　　　　　就有所忧思了。

二五五　　悲哀的要算秋风了吧，
　　　　　以前偶然才涌出的眼泪，
　　　　　现在却时常流下了。

二五六　　绿色透明的
　　　　　悲哀的玉当作枕头，
　　　　　通夜的听松树的声响。

二五七　森严的七山的杉树，
　　　　像火似的染着落日，
　　　　多么安静啊。

二五八　读了就知道忧愁的书
　　　　给焚烧了的
　　　　古时的人真是痛快呀。

二五九　一切都虚无似的
　　　　把悲哀聚集在一起的
　　　　暗下来的天气。

二六〇　在水洼子里浮着，
　　　　暗下来的天空和红色的带子，
　　　　秋天的雨后。

二六一　秋天来了，
　　　　像用水洗过似的，
　　　　所想的事情都变清新了。

二六二　忧愁着走来，
　　　　爬上小山，
　　　　有不知名的鸟在啄荆棘的种子。

二六三　　秋天的十字路口，
　　　　　吹向四条路的那三条的风，
　　　　　看不见它的踪迹。

二六四　　能够比谁都先听到秋声，
　　　　　有这种特性的人
　　　　　也是可悲吧[37]。

二六五　　虽然是看惯的山[38]，
　　　　　秋天来了，
　　　　　也恭敬的看，有神住在那里吧。

二六六　　在世上我可做的事情已经做完了，
　　　　　漫长的日子，
　　　　　唉唉，为什么这样的忧思呢？

二六七　　哗啦哗啦的雨落下来了，
　　　　　看到庭院渐渐的湿了，
　　　　　忘记了眼泪。

---

[37]　这首歌作于一九〇八年八月二十九日。
[38]　指岩手郡的姬神山，传说这山是女性，为岩手山神的妻。

二六八　　在故乡寺院[39]的廊下，
　　　　　梦见了
　　　　　蝴蝶踏在小梳子上。

二六九　　试想变成
　　　　　孩提时代的我，
　　　　　同人家说说话看。

二七〇　　秋风吹起来的时候，
　　　　　黍叶叭哒叭哒的响，
　　　　　故乡的檐端很可怀念啊。

二七一　　我们肩头相摩的时候，
　　　　　所看见的那一点，
　　　　　把它记在日记里了。

二七二　　古今的风流男子，
　　　　　夜里枕着春雪似的玉手，
　　　　　但是老了吧。

----

〔39〕 啄木生于岩手郡玉山村的常光寺，一岁多的时候随家人迁到涩民村的宝德寺。这里指宝德寺。

二七三　　想暂时忘记了也罢，
　　　　　像铺地的石头
　　　　　给春天的草埋没了一样。

二七四　　从前睡在摇篮里，
　　　　　梦见许多次的人，
　　　　　最可怀念啊。

二七五　　想起十月小阳春的
　　　　　岩手山的初雪，
　　　　　逼近眉睫的早晨的光景。

二七六　　旱天的雨哗啦哗啦的下了，
　　　　　庭前的胡枝子
　　　　　稍微有点凌乱了。

二七七　　秋日的天空寥廓，没有片影，
　　　　　觉得太寂寞了，
　　　　　有乌鸦什么的飞翔也好[40]。

---
〔40〕 这首歌作于一九〇八年八月二十九日。

二七八　　雨后的月亮,
　　　　　湿透了的屋顶的瓦
　　　　　处处有光,也显得悲哀啊。

二七九　　我挨饿的一天,
　　　　　摇着细尾巴,
　　　　　饿着看我的狗的脸相。

二八〇　　不知什么时候,
　　　　　忘记了哭的我,
　　　　　没有人能使得我哭么?

二八一　　唉,酒的悲哀
　　　　　涌到我身上,
　　　　　站起来舞一会儿吧。

二八二　　蟋蟀叫了,
　　　　　蹲在旁边的石头上,
　　　　　且哭且笑的独自说话。

二八三　　自从生了病没有了力气,
　　　　　稍微张着嘴睡,
　　　　　就成为习惯了。

二八四　　把只不过得到一个人的事，
　　　　　作为大愿，
　　　　　这是少年时候的错误。

二八五　　有所怨恨时
　　　　　她柔和的抬着眼睛看人，
　　　　　我要是说她可爱，岂不更是无情了么。

二八六　　这样的热泪，
　　　　　在初恋的日子也曾有过，
　　　　　以后就没有哭的日子了。

二八七　　像是会见了
　　　　　长久忘记了的朋友似的，
　　　　　高兴的听流水的声音。

二八八　　秋天的夜里
　　　　　在钢铁色的天空上，
　　　　　心想有个喷火的山该多好。

二八九　　岩手山的秋天
　　　　　山麓的三面原野里
　　　　　满是虫声，到哪边去听呢？

二九〇　　对没有家的孩子，
　　　　　秋天像父亲一样严肃，
　　　　　秋天像母亲一样可亲。

二九一　　秋天来了，
　　　　　恋爱的心没有闲暇啊，
　　　　　夜里睡着也听着许多雁在叫。

二九二　　九月也已经过了一半，
　　　　　像这样幼稚的不说明，
　　　　　要到几时为止呢？

二九三　　不说相思的话的人，
　　　　　送了来的
　　　　　勿忘草的意思很清楚。

二九四　　像秋雨时候容易弯的弓似的，
　　　　　这一阵子，
　　　　　你不大亲近我了。

二九五　　松树的风声昼夜的响，
　　　　　传进没有人访问的山涧祠庙的
　　　　　石马的耳里。

二九六　　朽木的微微的香气，
　　　　　夹杂着菌类的香气，
　　　　　渐渐的到了深秋。

二九七　　发出下秋雨般的声音，
　　　　　森林里的很像人的猴子们，
　　　　　从树上爬了过去。

二九八　　森林里头，
　　　　　远远的有声响，像是来到了
　　　　　在树洞里碾磨的侏儒的国。

二九九　　世界一起头，
　　　　　先有树林，
　　　　　半神的人在里边守着火吧？

三〇〇　　没有边际的砂接连着，
　　　　　在戈壁之野住着的神，
　　　　　是秋天之神吧。

三〇一　　天地之间只有
　　　　　我的悲哀和月光
　　　　　还有笼罩一切的秋夜。

三〇二　彷徨行走,像是拣拾着
　　　　悲哀的夜里
　　　　漏出来的东西的声音。

三〇三　羁旅的孩子
　　　　来到故乡睡的时候,
　　　　冬天确实静静的来了。

难忘记的人们[41]

一

三〇四　　海水微香的北方的海边的,
　　　　　砂山的海边蔷薇[42]啊,
　　　　　今年也还开着么?

三〇五　　恃着还年轻,
　　　　　数数自己的岁数,凝视着指头,
　　　　　旅行也厌倦了。

---
　　〔41〕《难忘记的人们》共分两部分。第一部分(第三〇四至四一四首)所记的是啄木在东北地方流浪时的见闻。啄木在一九〇七年五月离开故乡,到函馆当《红苜蓿》的编辑,兼任小学教员。八月里函馆大火,学校烧毁。他在九月去札幌,由友人介绍,到小樽办报,在小樽日报社不久,他和诗人野口雨情反对主笔,引起社内的纠纷,在十二月退职。一九〇八年一月他入钏路新闻社,不到三个月又决意搞文学,四月里到东京去。

　　〔42〕海边蔷薇,原作滨蔷薇,又名滨茄子,因生于海滨,故名。果实的形状像茄子,作黄红色,可生食。

三〇六　　约莫三回，
　　　　　从列车窗里望过的街道的名字，
　　　　　也觉得亲近了。

三〇七　　函馆的剃头铺的徒弟，
　　　　　也回想起来了，
　　　　　叫他剃耳朵很是舒服呀。

三〇八　　跟着我来到这里，
　　　　　没有一个相识的人，
　　　　　住在穷乡僻壤的母妻[43]。

三〇九　　想起津轻的海来，
　　　　　妹妹的眼光如在目前，
　　　　　因了晕船变得柔和了[44]。

三一〇　　闭了眼睛，
　　　　　念起伤心的诗句来的
　　　　　那友人来信的诙谐煞是可悲啊[45]。

---

　　[43]　啄木到函馆后，他的母亲和妻子也跟来，住在青柳町，得到宫崎郁雨的不少帮助。
　　[44]　日本本岛和北海道之间隔着津轻海峡，青森和函馆间有联络船。
　　[45]　这首歌和第三一一、第三一二首都是咏红苜蓿社同人岩崎白鲸的，岩崎是个邮局职员。

三一一　　幼小的时候
　　　　　在桥栏上涂粪的事情，
　　　　　友人也感伤的说了。

三一二　　恐怕一生也不要娶妻吧，
　　　　　笑着说话的友人啊，
　　　　　至今不曾娶呢。

三一三　　唉唉，那眼镜的
　　　　　框儿在寂寞的发光的
　　　　　女教师[46]啊。

三一四　　友人给我饭吃了，
　　　　　却辜负了那个友人；
　　　　　我的性格多可悲呀。

三一五　　函馆的青柳町煞是可悲哀啊，
　　　　　友人[47]的恋歌，
　　　　　鬼灯擎的花。

〔46〕　指啄木在函馆弥生小学任教时的同僚高桥末子。
〔47〕　指红苜蓿社社员。

三一六 　　怀念故乡的
　　　　　麦的香气,
　　　　　女人的眉毛把人心颠倒了。

三一七 　　闻着新的洋书的
　　　　　纸的香味,
　　　　　一心的想要得钱的时候。

三一八 　　白浪冲来喧嚣着的
　　　　　函馆的大森滨,
　　　　　在那里想过多少事情。

三一九 　　每天早晨
　　　　　都唱出中国的俗歌来的闹钟,
　　　　　我喜爱它,也是可悲啊。

三二〇 　　叙述漂泊的忧愁
　　　　　没有写成功的草稿,
　　　　　字迹多么难读啊[48]。

---

[48] 《漂泊》是啄木所作的一篇未完成的小说,作于一九〇七年七月,登在《红苜蓿》杂志上面。

三二一　　好几回想要死了，

　　　　　终于没有死，

　　　　　我过去又可笑又可悲。

三二二　　函馆的卧牛山的山腹的

　　　　　石碑上的汉诗，

　　　　　有一半已经忘记[49]。

三一三　　喃喃的

　　　　　口中说着什么高贵的事情，

　　　　　也有这样的乞丐。

三二四　　请你把我看作一个不足取的男子吧，

　　　　　仿佛这样说着就入山去了，

　　　　　像神似的友人[50]。

三二五　　口里衔着雪茄烟，

　　　　　在波浪汹涌的

　　　　　海边夜雾中立着的女人。

---

〔49〕 函馆山上有"碧血碑"，是为了纪念明治维新时战死的幕府军士而立的。背面刻着汉诗："战骨全收海势移，纷华谁复记当时。鲸风鳄雨函山夕，宿草茫茫碧血碑。明治三十四年八月来展题之，东京鸭北老人宫本小一。"

〔50〕 指大岛流人。他原来是红苜蓿社的主任，后因对人生产生怀疑，就摆脱一切，隐居故乡。

三二六　　趁陆军演习的闲暇，
　　　　　特地坐了火车
　　　　　来访的友人，和他共饮的酒啊[51]。

三二七　　每逢看见大川的水面，
　　　　　郁雨啊，
　　　　　我就想到你的烦恼。

三二八　　空有着智慧
　　　　　和深深的慈悲，
　　　　　友人却无事可做的闲游着。

三二九　　不得志的人们
　　　　　聚集了来饮酒的地方
　　　　　那是我的家里。

三三〇　　觉得悲哀就高声的笑，
　　　　　喝酒来解闷的
　　　　　比我年长的友人。

---

〔51〕 这首歌和第三二七、第三二八首都是咏宫崎郁雨的。一九〇七年郁雨由函馆商业学校毕业，进旭川陆军连队，当一年志愿兵，曾趁着演习的机会来看啄木。

三三一　　友人[52]年纪很轻，
　　　　　就已经是几个孩子的父亲了，
　　　　　酒醉了就唱起歌来，像没有孩子的人一样。

三三二　　像没有什么事似的笑声，
　　　　　同酒一起，
　　　　　仿佛沁进了我的心肠。

三三三　　咬住了呵欠，
　　　　　在夜车窗前告别，
　　　　　那离别如今觉得不满意。

三三四　　在雨湿的夜车的窗里
　　　　　映照出来的
　　　　　山间市镇的灯光的颜色。

三三五　　下大雨的夜里的火车，
　　　　　不住的有水点儿流下来的
　　　　　窗玻璃啊。

---

〔52〕　指小学教员吉野白村。他也是《红苜蓿》同人之一。

三三六　　半夜里
　　　　　在俱知安站[53]下车去的
　　　　　女人的鬓边的旧伤痕。

三三七　　那个秋天我带到
　　　　　札幌去的，
　　　　　至今还带着的悲哀啊[54]。

三三八　　日记上记着：
　　　　　秋风刮着街旁的洋槐，
　　　　　刮着白杨，煞是可悲啊。

三三九　　沉沉的秋夜，
　　　　　在广阔的街道上
　　　　　有烧老玉米的香气。

---

　　〔53〕　北海道铁路的一站，在函馆和札幌之间。
　　〔54〕　这首歌表示啄木离开函馆后对桔智惠子的离别之情。桔智惠子是啄木在函馆弥生小学校任教时的同僚。啄木和她只谈过两次话，但对她产生了很深的印象，曾在日记里把她比作"矗立的红百合"。《难忘记的人们》第二部分的二十二首歌都是为了纪念她而作的。

073

三四〇　在我住的地方，姐妹在争论，
　　　　初夜已过的
　　　　札幌的雨后[55]。

三四一　石狩的叫作美国的车站上，
　　　　在栅栏上晾着的
　　　　红布片啊[56]。

三四二　可悲的是小樽的市镇啊，
　　　　没有唱过歌的人们，
　　　　声音多粗糙啊。

三四三　还有看相的人，
　　　　像哭着似的摇着头说：
　　　　"伸出手来给我看看。"[57]

---

[55]　啄木在书简里说："札幌是好地方。如能安定的度日，很想在这里住上五六年。札幌是伟大的乡村，美丽的树林的都市。洋槐树的林子里秋风起来了。"啄木到札幌后，在北门新报社当校对，寄住在北七条的田中家里，歌中所说是田中的女儿们。

[56]　这首歌也是纪念桔智惠子的，她的故乡在北海道的石狩。

[57]　啄木到小樽后，入小樽日报社，寄居在花园町的一家煎饼店里，隔壁住着一个看相的人，大门口挂着"姓名判断"的招牌。

三四四　　借到少许的钱走去了的
　　　　　我的友人的
　　　　　后影的肩上的雪。

三四五　　不会处世，
　　　　　我不是私下里
　　　　　以此为荣么？

三四六　　曾经有人对我说过：
　　　　　"你那精瘦的身子
　　　　　全是反叛精神的凝结。"〔58〕

三四七　　那年的那个新闻上
　　　　　我曾写过
　　　　　初雪的记事。

三四八　　拿椅子要打我，
　　　　　摆出架势的那个友人的酒醉，
　　　　　现在也已醒了吧。

---

〔58〕　从第三四六到三五二这七首，都是讲小樽日报社的纠纷的。小樽日报社的主笔是岩泉江东，啄木和野口雨情很不满意岩泉，打算去掉他。报社的总务主任小林寅吉因而憎恨啄木，殴打了他。啄木愤而辞职。

三四九　　如今想来，
　　　　　输的是我，
　　　　　引起争吵的也是我。

三五〇　　他说："我打你！"
　　　　　我说："打吧！"就凑上前去，
　　　　　从前的我也很可爱啊。

三五一　　他在告别辞里说：
　　　　　"你曾经三次，
　　　　　把剑比在我的喉咙上。"

三五二　　争吵了一场，
　　　　　痛恨而别的友人，
　　　　　我觉得他可怀恋的日子也到来了。

三五三　　唉唉，那个眉目秀丽的少年[59]啊，
　　　　　我叫他作兄弟，
　　　　　他微微的笑了。

---

[59] 啄木在小樽时，爱好文学的青年们时常和他往来。这里的少年是指高田治作，高田后成为实业家。

三五四　　有个友人叫我的妻子替他缝衣服，
　　　　　冬天来得早的
　　　　　移民地啊。

三五五　　用了手掌，
　　　　　拭那风雪所湿的脸，
　　　　　友人[60]是以共产为主义的。

三五六　　饮酒的时候，鬼似的铁青的
　　　　　那张大脸啊，
　　　　　那悲哀的脸啊。

三五七　　要到桦太去，
　　　　　创立新的宗教，
　　　　　友人这么说了。

三五八　　太平无事，
　　　　　所以厌倦了，
　　　　　这时期真可悲哀呀。

---

　　[60]　指西川光二郎（一八七六至一九四〇年）。西川是日本早期的社会主义者，但在一九一四年转向。一九〇八年社会主义者在小樽寿亭举办讲演会，西川是讲演者当中的一个。啄木也去听了。

三五九　　共同开药铺,

预备赚钱的友人,

后来说是骗了人。

三六〇　　苍白的颊上流着眼泪

谈到自己的死的

年轻的商人[61]。

三六一　　背着孩子,

在风雪交加的车站

送我走的妻子的眉毛啊。

三六二　　临别的时候,

我和当初当作敌人憎恨过的友人[62],

握了半天手。

三六三　　从出发的列车窗口,

我首先伸进了头,

为的是不肯服输。

---

[61] 指藤田武治,他也是小樽的爱好文学的青年。
[62] 指小林寅吉。

三六四　　下着雨雪，

　　　　　在石狩原野的火车里

　　　　　读着屠格涅夫的小说[63]。

三六五　　想着自己走后一定会有谣言，

　　　　　这样旅行真是可悲啊，

　　　　　有如去就死一般。

三六六　　离别了，偶然一眼，

　　　　　无缘无故的，

　　　　　觉得冰冷的东西沿着面颊流下来了。

三六七　　想起忘记带来的烟草，

　　　　　雪野里的火车不管怎么走，

　　　　　离山还远着呢。

三六八　　在雪上流动的淡红色的

　　　　　落日的影子，

　　　　　照在旷野的火车的窗上。

---

[63] 屠格涅夫的小说当时已陆续翻译出来。啄木喜欢看他的长篇小说《前夜》。

三六九　忍受着些须的腹痛,
　　　　在长途的火车里
　　　　吸着烟草。

三七〇　同车的炮兵军官的
　　　　佩剑的鞘子嘎喳一响,
　　　　把思路打断了。

三七一　只知道名字,没有什么因缘的
　　　　这个地方的客店很是便宜,
　　　　像自己的家一样。

三七二　同伴的那个国会议员的
　　　　张着口,青白的睡脸,
　　　　看去很是可悲啊。

三七三　心想今夜就尽量的哭吧,
　　　　住了下来的旅店里,
　　　　茶是微温的。

三七四　水蒸气
　　　　在火车窗上结成了像花一样的冰,
　　　　晓光把它染上了颜色。

三七五　　寒风轰然吼叫着刮过之后，
　　　　　干燥的雪片飞舞起来，
　　　　　包围了树林。

三七六　　空知川[64]埋在雪里，
　　　　　鸟也不见，
　　　　　岸边的树林里只有一个人。

三七七　　以寂寞为敌为友，
　　　　　也有人在雪地里，
　　　　　度过了漫长的一生。

三七八　　坐了火车很疲倦了，
　　　　　还是断断续续的想，
　　　　　这也是我的可爱的地方吧。

三七九　　像唱歌似的叫那站名的，
　　　　　年轻的站务员的
　　　　　柔和的眼光还不能忘记。

---

〔64〕 在北海道，是石狩川的一个支流。

三八〇　　雪的中间，
　　　　　处处现出屋顶，
　　　　　烟囱的烟淡淡的浮在半空。

三八一　　从远的地方
　　　　　汽笛长长的响着，
　　　　　火车就要进入森林了。

三八二　　并不想念什么事情，
　　　　　整整一天，
　　　　　专心听那火车的声响。

三八三　　在最末的一站下来，
　　　　　趁着雪光，
　　　　　步入冷静的市镇。

三八四　　皎皎的冰发着光，
　　　　　鹬鸟叫了，
　　　　　钏路的海上冬天的月亮。

三八五　　在灯光底下，
　　　　　把冻了的墨水瓶用火烘着，
　　　　　眼泪流下来了。

三八六　　只有面貌和声音，
　　　　　还和从前一样的友人，
　　　　　我在这国的边境[65]上也会见了他。

三八七　　唉唉，在这国的边境，
　　　　　我喝着酒，
　　　　　像啜了悲哀的渣滓似的。

三八八　　饮酒时悲哀就一下子涌上来，
　　　　　睡觉没做梦，
　　　　　心里也觉得愉快。

三八九　　突然的女人的笑声
　　　　　直沁到身子里去，
　　　　　厨房的酒也冻了的半夜里。

三九〇　　有痛心于我的醉酒
　　　　　不肯唱歌的女人，
　　　　　如今怎么样了？

---

　　　[65]　指钏路，在北海道东边。

三九一　　叫作小奴的女人的
　　　　　柔软的耳朵什么的
　　　　　也难以忘怀[66]。

三九二　　紧挨在一起，
　　　　　站在深夜的雪里，
　　　　　那女人的右手的温暖啊。

三九三　　我说："你不愿意死么？"
　　　　　那个女人说："看这个吧。"
　　　　　把喉间的伤痕给我看[67]。

三九四　　本事和长相
　　　　　都比她要好的女人，
　　　　　对她说我的坏话。

三九五　　有人说舞蹈吧，就站起来舞了，
　　　　　直到因为喝了劣酒
　　　　　自然的醉倒。

---

〔66〕 从这首歌起到第四〇三首这十三首歌，都是咏钏路的艺妓小奴的。小奴原名近江谦，由于喜欢文学，和啄木接近。

〔67〕 据小奴说，她喉咙上的伤痕是淋巴腺开刀的疤痕，这是她向啄木开玩笑说的话。

三九六　　等我醉得几乎死了，
　　　　　对我说种种
　　　　　悲哀的事情的人。

三九七　　人家问怎么样了，
　　　　　我在苍白的酒醉初醒的
　　　　　脸上装出了笑容。

三九八　　可悲哀的是
　　　　　她那白玉似的手臂上
　　　　　接吻的痕迹。

三九九　　我醉了低着头时，
　　　　　想要水喝睁开眼来时，
　　　　　都是叫的这个名字。

四〇〇　　像慕着火光的虫一样，
　　　　　惯于走进那
　　　　　灯火明亮的家里。

四〇一　　在寒冷中把地板踏得嘎吱嘎吱响，
　　　　　沿着廊子回来的时候，
　　　　　不意中的接吻。

四〇二　　枕着那膝头，
　　　　　可是我心里所想的
　　　　　都是自己的事情。

四〇三　　哗啦哗啦的冰的碎块
　　　　　乘着波浪作响，
　　　　　我在海岸的月夜里往还。

四〇四　　最近听说情敌
　　　　　已经死去，
　　　　　那是个聪明过分的男子。

四〇五　　十年前所作的汉诗，
　　　　　醉了时就唱着，
　　　　　在旅行中老了的友人。

四〇六　　很想吸那寒冷的空气，
　　　　　每一呼吸
　　　　　鼻子就全冻了似的。

四〇七　　波浪也没有，
　　　　　在二月的海湾上，
　　　　　低浮着涂作白色的外国船只。

四〇八　　三弦的弦断了，
　　　　　孩子就像失火似的喧闹，
　　　　　大雪的夜里。

四〇九　　雪天的黎明，
　　　　　阿寒山[68]像神似的
　　　　　远远的显现出来。

四一〇　　说是在家乡
　　　　　曾经投过河的女人
　　　　　昨天晚上弹着三弦歌唱。

四一一　　蒲桃色的
　　　　　旧手册里存留着的
　　　　　是那回幽会的时间与地点吧。

四一二　　有些回忆
　　　　　像穿脏的袜子似的
　　　　　有很不爽快的感觉。

---

　　[68]　阿寒山有雄阿寒、雌阿寒两山，夹阿寒湖对立。

四一三　　有个女人在我房间里哭了,
　　　　　有一天回忆起来,
　　　　　以为是小说里的事。

四一四　　浪淘沙,
　　　　　我的旅行就像是
　　　　　颤悠悠的拉长声音唱歌似的[69]。

二

四一五　　这是什么时候了,
　　　　　梦中忽然听见觉得高兴,
　　　　　唉唉,那个声音好久没有听到了。

四一六　　作为两颗冰冷的
　　　　　流离的旅人,
　　　　　我只说了那么几句问路般的话。

―――――

〔69〕　这首歌题作《北海回顾》,登在一九〇八年十二月号的《心之花》杂志上边。《浪淘沙》词,共有六首,其中第一首是:"白浪茫茫与海连,平沙浩浩四无边。暮去朝来淘不住,遂令东海变桑田。"

四一七　没有什么事似的说的话，
　　　　你也没有什么事似的听了吧，
　　　　就只是这点事情。

四一八　冰冷清洁的大理石上边，
　　　　静静的照着春天的太阳，
　　　　有着这样的感觉。

四一九　像专吸收世间的光明似的
　　　　黑色的瞳人儿，
　　　　至今还在眼前。

四二〇　在那时候来不及说的
　　　　重要的话至今还
　　　　留在我的胸中。

四二一　像雪白的洋灯罩的
　　　　瑕疵一样，
　　　　流离的记忆总难消灭。

四二二　离去函馆的火烧场的夜晚，
　　　　心里的遗憾
　　　　至今还遗留着。

四二三　　人家说的
　　　　　鬒发散垂的可爱，
　　　　　愿在写什么时的你身上看到。

四二四　　到了马铃薯
　　　　　开花的时候了，
　　　　　你也爱好那个花吧。

四二五　　像山里的孩子们
　　　　　想念山的样子，
　　　　　悲哀的时候想起你来了。

四二六　　忘记了的时候，
　　　　　忽然的会有引起回忆的事情，
　　　　　终于是忘记不了。

四二七　　听说是病了，
　　　　　也听说好了，
　　　　　隔着四百里[70]路，我是茫然了。

---

[70]　日本的一里约等于我国七点八里。

四二八　　街上见到像你的身姿的时候，
　　　　　心就跳跃了，
　　　　　你觉得可悲吧。

四二九　　那个声音再给我听一遍，
　　　　　胸中就完全明朗了吧，
　　　　　今晨也这么想。

四三〇　　匆忙的生活当中，
　　　　　时时这样的沉思啊，
　　　　　这都是为了谁的缘故。

四三一　　愿有知心的友人，
　　　　　亲密的罄吐一切，
　　　　　那么你的事情也可以谈了吧。

四三二　　在死以前愿得再会一回，
　　　　　若是这样说了，
　　　　　你也会微微点首的吧。

四三三　　有时候
　　　　　想起你来，
　　　　　平安的心忽然的乱了，可悲啊。

四二四　　离别以来年岁加多了，
　　　　　对于你的思慕之情
　　　　　却是一年年的增长了。

四三五　　石狩市郊外的
　　　　　你家里的
　　　　　苹果花已经落了吧。

四三六　　很长的书信，
　　　　　三年之内来了三次，
　　　　　我大概去过四次信吧。

脱手套的时候[71]

四三七　　脱手套的手忽然停住了,
　　　　　不知怎的,
　　　　　回忆掠过了心头。

四三八　　不知道在什么时候,
　　　　　学会了装假,
　　　　　胡须也是在那时候留的吧。

四三九　　在早晨的澡堂里,
　　　　　后颈枕在澡盆的边上,
　　　　　缓缓呼吸着,想着事情。

---

〔71〕　这卷是杂咏,用第一首的首句作题目,大约是在一九一〇年秋间作的。

四四〇　　夏天来了，
　　　　　含漱药沁进有病的牙齿，
　　　　　这早晨多欢喜呀！

四四一　　细细的看着我的手，
　　　　　回想起来了，
　　　　　那个很会接吻的女人。

四四二　　寂寞的是
　　　　　因为眼睛对颜色不熟悉，
　　　　　就叫人买红色的花。

四四三　　买新书来读的夜半，
　　　　　这个快乐也是
　　　　　长久的不能忘记。

四四四　　旅行了七天
　　　　　回来了的时候，
　　　　　我的窗口的红墨水的痕迹也可亲啊。

四四五　　旧纸堆里发见的
　　　　　污染了的
　　　　　吸墨纸也觉得可亲。

四四六　　积在手里的雪的融化,
　　　　　很是愉快的
　　　　　沁进了我的睡足了的心。

四四七　　暗淡下去的纸门的日影,
　　　　　看着这个,
　　　　　心里也不知不觉的阴暗起来了。

四四八　　夜间飘着
　　　　　药的香气,
　　　　　是医生住过的人家。

四四九　　窗户玻璃,
　　　　　因为尘土和雨水而昏暗了的窗户玻璃,
　　　　　也有着它的悲哀。

四五〇　　六年左右每天每天戴着的
　　　　　旧帽子呀,
　　　　　还是弃舍不得。

四五一　　很愉快的
　　　　　贪着春眠的眼睛,
　　　　　看去很柔软的庭院的草啊。

四五二　　远远连接的红砖的高墙
　　　　　显出紫色，
　　　　　春天的日脚长了。

四五三　　春天的雪
　　　　　在银座后街的三层砖房上
　　　　　柔软的落下[72]。

四五四　　在肮脏的砖墙上，
　　　　　落下了融化，落下了融化的
　　　　　春天的雪呀。

四五五　　眼睛有病的
　　　　　年轻女人倚靠着的
　　　　　窗户，春雨冷清清的打在上面。

四五六　　随处漂浮着
　　　　　新的木材的香气的
　　　　　新开路的春天的寂静。

---

〔72〕　这首歌是啄木在东京朝日新闻社当校对时作的。啄木在一九〇九年二月入朝日新闻社，社址在银座西边的后街泷川町。

四五七　　春天的街道,
　　　　　看着写得很清楚的女人名字的
　　　　　门牌,走了过去。

四五八　　不知道什么地方,
　　　　　有烧着桔子皮似的气味,
　　　　　天色已近黄昏了。

四五九　　很热闹的年轻女人的集会的
　　　　　声音已经听厌,
　　　　　觉得寂寞起来了。

四六〇　　在什么地方,
　　　　　有死了年轻女人般的烦恼的感觉,
　　　　　春天的雨雪落下了。

四六一　　白兰地醉后的
　　　　　那种柔和的
　　　　　悲哀漫然的来了[73]。

---

〔73〕 从这首到第四六五首歌是咏酒场的。一九〇九年三月啄木和北原白秋(诗人)、太田正雄(笔名木下杢太郎,诗人、戏剧家)相识,常常在一起喝酒。

四六二　　把白盘子
　　　　　揩好了落在搁板上的
　　　　　酒馆角落里的悲哀的女人。

四六三　　干燥的冬天的大路上，
　　　　　不知在什么地方
　　　　　潜藏着石炭酸的气味。

四六四　　红红的映着落日，
　　　　　在河边的酒馆窗口的
　　　　　雪白的脸庞啊。

四六五　　新鲜的拌生菜碟子上的
　　　　　醋的香气沁进了心里，
　　　　　那悲哀的黄昏。

四六六　　从淡蓝色的瓶里
　　　　　倒出山羊乳的手的颤抖，
　　　　　觉得挺可爱的。

四六七　　穿衣镜里的
　　　　　为气息所遮住的
　　　　　酒醉时昏暗的眼珠的悲哀啊。

四六八　　一时安静下来的
　　　　　傍晚的厨房里，
　　　　　剩下的火腿的香味啊。

四六九　　在冷清清的排列着瓶子的搁板前面，
　　　　　剔着牙齿的女人，
　　　　　看去是很悲哀的。

四七〇　　交换了很长的接吻后分别了，
　　　　　深夜的街上
　　　　　远远的失了火。

四七一　　病院的窗口在傍晚
　　　　　有微白的面庞出现，
　　　　　我依稀记得那个脸。

四七二　　记不得是什么时候
　　　　　在大河的游船上跳舞的女人，
　　　　　也回忆起来了。

四七三　　没有事情的信冗长的写了一半，
　　　　　忽然觉得冷静了，
　　　　　走到街上去。

四七四　　吸着潮湿的卷烟，
　　　　　我所想的事情
　　　　　大概也都微微的潮湿了。

四七五　　很敏锐的
　　　　　感着夏天的到来，
　　　　　嗅着雨后小院的泥土的香味。

四七六　　在装饰得很凉快的
　　　　　玻璃店前面
　　　　　眺望的夏夜的月亮。

四七七　　说是你要来，很快的起来了，
　　　　　这一天直惦记着
　　　　　白衬衫的袖子脏了。

四七八　　心神不定的我的弟弟[74]
　　　　　这些日子的
　　　　　眼光的昏沉也是很可悲啊。

---

〔74〕　啄木没有弟兄，这里是指斋藤佐藏。啄木在涩民小学领导学生罢课时，斋藤在盛冈中学读书，啄木把他当作弟弟一样爱护。

四七九　　什么地方有打桩的声音，
　　　　　有滚着大桶的声音，
　　　　　雪下起来了。

四八〇　　夜里没有人的办公室里，
　　　　　电话铃骇人的响了
　　　　　随后又停了。

四八一　　醒了过来，
　　　　　过了一会儿进到耳朵来的
　　　　　半夜以后的说话声音。

四八二　　看着看着表就停了，
　　　　　好像被吸住了的样子，
　　　　　心也寂寞起来了。

四八三　　每天早晨
　　　　　觉得含漱药水的瓶子冰凉了，
　　　　　已经是秋天了。

四八四　　在麦苗青青的斜坡的
　　　　　山脚下的小路上
　　　　　拾得了红的小梳子。

四八五　　斑驳的日影进入了
　　　　　后山的杉树林,
　　　　　秋天的午后。

四八六　　海港的街市,
　　　　　把呼噜噜鸣叫着兜圈子的鹞鹰
　　　　　也给压低了的潮雾啊。

四八七　　看着小春日光在毛玻璃上
　　　　　映出的鸟影,
　　　　　漫然的有所思了。

四八八　　高高低低的屋檐
　　　　　好像并排游泳着的样子,
　　　　　冬天的阳光在上面舞蹈。

四八九　　京桥的泷山町的
　　　　　新闻社,
　　　　　点灯的时候好忙呀。

四九〇　　从前很容易生气的我的父亲[75]
　　　　　近日不生气了,
　　　　　但愿他还是生气吧。

四九一　　早晨的风吹进电车来的
　　　　　柳树的一片叶子
　　　　　拿在手里看着。

四九二　　觉得伤心,难以忍受的一天,
　　　　　无缘无故的想看看海,
　　　　　来到了海边。

四九三　　平坦的海看厌了,
　　　　　转过身去,
　　　　　把眼睛看花了的红带子啊。

四九四　　今天遇见的街市的女人,
　　　　　一个个都像是
　　　　　失了恋回去的样子。

―――――――
　　〔75〕　一九〇九年啄木在东京本乡弓町定居,六月里把母亲和妻子接来,十二月里他父亲也来和他同住。

四九五　坐火车旅行,
　　　　野地里的某个停车场的
　　　　夏天的草香觉得很可怀念。

四九六　清早起来,
　　　　好容易赶上的初秋旅行的火车的
　　　　坚硬的面包啊。

四九七　在那回旅行的夜车的窗口,
　　　　想到了
　　　　我的前途的悲哀。

四九八　忽然看时,
　　　　某个树林的车站的钟停住了,
　　　　雨夜的火车。

四九九　离别了来了,
　　　　灯火暗淡的夜里靠着火车窗,
　　　　摆弄那绿色的小苹果。

五〇〇　时常来的
　　　　这家酒店的悲哀呀,
　　　　夕阳红红的射到酒里。

五〇一　　像白莲开在沼泽里一样,
　　　　　悲哀在醉酒的中间
　　　　　清楚的浮了出来。

五〇二　　隔着板壁,
　　　　　听着年轻女人的哭声,
　　　　　旅中客栈的秋天的蚊帐啊。

五〇三　　取出去年的夹衣来,
　　　　　很可怀念的香味沁进身子里去,
　　　　　初秋的早晨。

五〇四　　心里着急的左膝的疼痛,
　　　　　什么时候就好了,
　　　　　秋风吹了起来。

五〇五　　卖来卖去的
　　　　　只剩下了翻得很脏的德文字典,
　　　　　夏天到了末尾了。

五〇六　　没有缘故的憎恶着的友人
　　　　　什么时候变得要好了,
　　　　　秋天渐渐的深了。

五〇七　红纸书面污损了的

国家禁止的书[76]，

从箱底里找出来的这一天。

五〇八　禁止售卖的

书的作者，

秋天早晨在路上相遇了。

五〇九　从今天起，

从我也打算呷酒的这一天起，

秋风吹了起来。

五一〇　大海的角落里

排列着的各个岛上

秋风吹了起来。

五一一　友人的妻子啊，只有她那湿润的眼睛，

和眼睛底下的黑痣，

老是引人注意。

---

〔76〕 指啄木搜集的无政府主义者的著作，这种书被当时的日本反动政府所禁止。

五一二　　什么时候看见
　　　　　都在滚着毛线球,
　　　　　编着袜子的女人。

五一三　　蒲桃色的长椅子上面,
　　　　　睡着的猫白糊糊的,
　　　　　秋天的黄昏。

五一四　　细细的
　　　　　这里那里有虫叫着,
　　　　　白天走到原野上来读信札。

五一五　　夜间很晚开门来看,
　　　　　白色的东西在院子里跑,
　　　　　大概是狗吧。

五一六　　夜里二时的窗户玻璃,
　　　　　染着淡红色,
　　　　　没有声音的火灾的颜色。

五一七　　悲哀的恋爱呀,
　　　　　独自嘟囔着,
　　　　　在夜半的火盆里添上了炭。

五一八　将手按在
　　　　雪白的灯罩上,
　　　　寒夜里的沉思。

五一九　同水一样
　　　　浸着身子的悲哀,
　　　　有葱香混杂着的晚上。

五二〇　有时候发笑了
　　　　装作猫什么的叫声,
　　　　三十左右的友人的独居。

五二一　像怯弱的斥候似的,
　　　　心里惊惶着
　　　　在深夜的街道上独自散步。

五二二　皮肤上全是耳朵似的,
　　　　在悄悄睡着的街上的
　　　　沉重的靴声。

五二三　夜间很晚的走进车站,
　　　　站一会儿又坐下,
　　　　随即走出去了的没有帽子的男人。

五二四　　注意来看时，
　　　　　潮湿的夜雾降下来了，
　　　　　长久的在街上彷徨着呀。

五二五　　假如有时请给点烟草吧，
　　　　　走近前来的流浪的人，
　　　　　我和他在深夜里谈话。

五二六　　像是从旷野里回来的样子，
　　　　　回来了的时候
　　　　　独自在东京的夜里行走着。

五二七　　银行的窗户底下，
　　　　　铺石的霜上洒着
　　　　　蓝墨水的痕迹。

五二八　　雪天的原野路上，
　　　　　看着画眉鸟
　　　　　在树丛里跳跃着游戏。

五二九　　十月早晨的空气，
　　　　　有个婴孩
　　　　　初次知道了呼吸[77]。

―――――――
　　〔77〕 啄木在一九一〇年十月四日得一男孩，起名叫真一。

五三〇　十月的产科医院，
　　　　在潮湿的长廊上
　　　　往复的行走呀。

五三一　有个垂下紫色的袖子，
　　　　看着天空的中国人，
　　　　公园的午后。

五三二　来到公园里独自散步，
　　　　觉得像是触到了
　　　　婴儿的肌肤。

五三三　好久没来的公园里，
　　　　遇见了友人[78]，
　　　　紧握着手，快嘴的说话。

五三四　公园的树木中间
　　　　小鸟游戏着，
　　　　看着它，暂时休息吧。

五三五　晴天来到公园里，
　　　　一面走着，
　　　　知道自己近来衰弱了。

---

[78] 指北原白秋。

五三六　筱悬木的叶子落下来触着了我，
　　　　以为是记忆里的那个接吻，
　　　　吃了一惊。

五三七　在公园角落里的长板凳上，
　　　　见过两次的男子，
　　　　近来看不见了。

五三八　公园的悲哀啊，
　　　　自从你出嫁以来，
　　　　已经有七个月没有来了。

五三九　公园的一个树荫底下的
　　　　空椅子，将身子靠在上面
　　　　心里老是想不通。

五四〇　不能忘记的脸啊，
　　　　今天在街上
　　　　为捕吏[79]牵走的带着笑的男子。

五四一　擦了火柴，
　　　　从二尺来宽的光里
　　　　横飞过去的白色的蛾。

---

[79] 指警察。

五四二　　闭了眼睛
　　　　　轻轻的试吹着口哨,
　　　　　靠着不眠之夜的窗口。

五四三　　我的友人啊,
　　　　　今天也背着没有母亲的孩子
　　　　　在那城址彷徨吧。

五四四　　夜深了,
　　　　　从办公的地方回来,
　　　　　抱着刚才死了的孩子[80]。

五四五　　临死的时候
　　　　　说是微微的叫了两三声,
　　　　　勾出我的眼泪来了。

五四六　　雪白的萝卜的根肥大的时候,
　　　　　肥胖的生了下来,
　　　　　不久就死去的孩儿。

---

　　[80]　真一是在十月二十七日死的,从这一首到第五五一首都是为了追忆真一的死而作的。

五四七　晚秋的空气
　　　　差不多只吸了三平方尺
　　　　就此去了的我的儿子。

五四八　一心注视着
　　　　在死儿胸前刺进注射针的
　　　　医生的手。

五四九　好像对着没有底的谜似的，
　　　　又把手放在
　　　　死儿的额上。

五五〇　比悲哀还要强的
　　　　寂寞之感啊，
　　　　虽然我的孩儿的身体冷下去了……

五五一　悲哀的是
　　　　到天明时还余留着的
　　　　呼吸已绝的孩儿的肌肤的温暖。

可悲的玩具

（『一握砂』以后）

这个歌集原名《<一握砂>以后》，下面注着："自四十三年（一九一〇年）十一月末起。"一九一二年春天啄木贫病交迫，四月初由友人土岐哀果经手，将歌集交东云堂书店出版。书名因为容易和《一握砂》相混，土岐把它改为《可悲的玩具》，是从啄木的《歌的种种》这篇论文里引的。原句是："……我的生活总是现在的家族制度，阶级制度，资本主义制度，知识买卖制度的牺牲。

　　"我转过眼睛来，看见像死人似的被抛在席上的一个木偶，歌也是我的可悲的玩具罢了。"

　　根据岩波书店版《啄木全集》第一卷译出。

一　呼吸的时候
　　胸中有一种声响，
　　比冬天的风还荒凉的声响！

二　虽是闭了眼睛，
　　心里却什么都不想。
　　太寂寞了，还是睁开眼睛吧。

三　半路里忽然变了主意，
　　今天也不去办公，
　　在河岸彷徨了。

四　嗓子干了，
　　去寻找还开着门的水果店
　　在秋天的深夜里。

五　耍的小孩[1]不回来；
　　把玩具的火车头
　　拿了出来试走着看。

六　说想买书，想买书，
　　虽然没有暗地讽刺的意思，
　　试向着妻子说了。

七　想去旅行的丈夫的心！
　　数说，哭泣的妻子的心！
　　早晨的饭桌！

八　走出家门大约五町[2]的样子，
　　像是有事情的人那么的
　　走走看——

九　按着疼痛的牙齿，
　　看太阳红红的
　　在冬天的朝雾中升起。

　　〔1〕　啄木的长女京子生于一九〇六年十二月三十日，这里就是指她。
　　〔2〕　一町约一〇九公尺。

一〇　　好像是要永久走着的样子，
　　　　思想涌上来了，
　　　　深夜里的街道。

一一　　可怀念的冬天的早晨啊，
　　　　喝着开水，
　　　　热气很柔和的罩上脸来。

一二　　不知怎么的
　　　　今晨我的心似乎稍微快活一点，
　　　　来剪指甲吧。

一三　　茫然的
　　　　注视着书里的插画，
　　　　把烟草的烟喷上去看。

一四　　中途没有换乘的电车了，
　　　　差不多想要哭了，
　　　　雨又在落着。

一五　　每隔两夜，
　　　　在夜里一点钟走上坡路[3]，
　　　　这也是为了办公去啊。

一六　　似乎沉沉的
　　　　浸在酒的香气里，
　　　　脑子里感到沉重就回来了。

一七　　今天又有酒喝了！
　　　　明知喝了酒，
　　　　会要恶心。

一八　　我现在喃喃的说着什么，
　　　　这样的想着，
　　　　闭了眼睛赏玩着醉中的趣味。

一九　　爽然的醉醒了的愉快啊，
　　　　夜里起来了，
　　　　来磨墨吧。

---

〔3〕 原文作"切通之坂"，意思是切开山坡修成的路，此处指本乡和上野间的坡路。啄木到朝日新闻社的时候乘电车往还，但值夜班时因时间太晚，没有电车了。

二〇　　半夜里来到凸出的窗口，
　　　　在栏杆的霜上
　　　　冰一冰我的手指尖。

二一　　无论怎样都随便吧，
　　　　我近来仿佛这样说，
　　　　独自感到恐怖了。

二二　　手脚似乎都分散了似的
　　　　慵懒的睡醒！
　　　　悲哀的睡醒！

二三　　摊开了家乡的不漂亮的报纸，
　　　　试捡出错排的字，
　　　　今晨的悲哀啊。

二四　　有谁肯把我
　　　　尽量的申斥一顿呢，
　　　　这样想是什么心情啊。

二五　　每朝每朝
　　　　摩挲着腿感着悲哀，
　　　　压在下边睡的腿稍微有点麻了。

二六　　如同在旷野里走的火车一样，
　　　　这个烦恼啊，
　　　　时时在我的心里穿过。

二七　　来到了郊外，
　　　　不知怎的，
　　　　好像是给初恋的人上坟似的。

二八　　像是回到了
　　　　可怀念的故乡了，
　　　　坐了好久没有坐的火车。

二九　　我相信新的明天会到来，
　　　　自己的话
　　　　虽然是没有虚假——

三〇　　仔细一想，
　　　　真是想要的东西似有而实无，
　　　　还是来擦烟管吧。

三一　　看着很脏的手——
　　　　这正如对着近日的
　　　　自己的心一样。

三二　　洗着很脏的手时的

　　　　轻微的满足

　　　　乃是今天所有的满足了。

三三　　今天忽然怀念山了，

　　　　来到了山里，

　　　　且寻找去年坐过的石头吧。

三四　　起晚了，没有看报的时间了，

　　　　像是欠了债的样子，

　　　　今天也这样的感到了。

三五　　过了新年放松了的心情，

　　　　茫然的好像是

　　　　忘记了过去的一切。

三六　　昨天以前从早到晚紧张着的

　　　　那种心情，

　　　　虽然想不要忘记。

三七　　门外面有打毽子的声音，

　　　　有笑的声音，

　　　　好像是回到去年的正月似的了。

三八　　不知道为什么,
　　　　今年好像有好事情。
　　　　元旦的早晨是晴天,也没有风。

三九　　从肚子底里要打呵欠的模样,
　　　　长长的试打呵欠来看,
　　　　在今年的元旦。

四〇　　每年总是
　　　　写上差不多相像的两三首歌
　　　　寄贺年信来的友人。

四一　　到了正月四日,
　　　　那个人的
　　　　一年一回的明信片也寄到了。

四二　　老是想世上行不通的事情的
　　　　我的头脑啊,
　　　　今年也是这样么?

四三　　人家都是
　　　　朝着相同的方向走去。
　　　　站在一旁来看这个的心情啊。

四四　　这个已经看厌了的匾额，
　　　　让它那么挂着
　　　　挂到什么时候为止呢？

四五　　就像那蜡烛
　　　　一点点的燃完的样子，
　　　　到了夜里的大年夜呀。

四六　　靠着青色的陶制火盆，
　　　　闭了眼睛，又张开眼睛，
　　　　在珍惜着时光。

四七　　漫然觉得明天会有好事情的想头，
　　　　自己申斥了，
　　　　随即睡觉了。

四八　　也许过去一年的疲劳都出来了吧，
　　　　说是元旦了，
　　　　却总是迷蒙的睡。

四九　　不知怎的
　　　　那由来很可悲的
　　　　元旦午后的渴睡的心情。

五〇　　一心凝视着
　　　　桔皮的汁所染的指甲
　　　　心里多无聊。

五一　　拍着手掌
　　　　等那睡眼朦胧的回答似的
　　　　那种着急的心情!

五二　　把不得已的事情忘记了来了——
　　　　这是因为中途上
　　　　吃了一粒丸药的关系。

五三　　连头带脸的蒙上被子,
　　　　蜷缩着两脚,
　　　　伸出舌头来,并不是对着什么人。

五四　　不知不觉的正月已经过去,
　　　　我又照老样子
　　　　过起生活来了。

五五　　同神灵议论得哭了——
　　　　　那个梦啊,
　　　　　四天前的早晨的事[4]。

五六　　把回家去的时间,
　　　　　当作惟一等候着的事情,
　　　　　今天也是这样的工作了。

五七　　种种的人的意见,
　　　　　难以臆测,
　　　　　今天也是温顺的过去了。

五八　　我要是这个报纸的主笔的话,
　　　　　想要做的事,
　　　　　有多少啊!

五九　　这是石狩的空知郡的
　　　　　牧场的新嫁娘
　　　　　寄来的黄油啊[5]。

---

　　〔4〕 啄木在一九一一年三月二日写给宫崎郁雨的信中引用了这首歌,并且说,他曾梦见和神议论,反复对神说:"我所要求的是合理的生活。……"
　　〔5〕 这首歌是咏桔智惠子的,登在一九一一年二月号的《创作》杂志上。啄木在同年一月九日给濑川深的信中说,桔智惠子在头年五月结婚了,婚后曾给他寄来了当地所产的黄油。

129

六〇　　下巴颏埋藏在外套的领子里，
　　　　夜深时站下来听着，
　　　　很相像的声音呀！

六一　　Y字的符号
　　　　旧日记里处处见到——
　　　　Y字可能就是那人的事吧。

六二　　说是许多农民都戒酒了，
　　　　再穷下去，
　　　　将戒掉什么呢？

六三　　睡醒时那一刹那的心啊，
　　　　老人出奔的记事
　　　　想起来就落泪了[6]。

六四　　我的性格
　　　　不适于与人家共事，
　　　　睡醒时这样的想。

----

〔6〕　一九一一年九月啄木的父亲第二次出走，到北海道室兰去，原因是家中贫困，常闹纠纷。

六五　　不知怎的，
　　　　觉得和我的想法一样的人，
　　　　似乎意外的多。

六六　　对着比自己年轻的人，
　　　　吐了半天的气焰，
　　　　自己的心也乏了！

六七　　这是少有的事，
　　　　今天骂着议会，流出了眼泪，
　　　　觉得这是很可喜的。

六八　　想叫它一夜里开花来看，
　　　　用火烤那梅花的盆，
　　　　却是没有开呀。

六九　　不小心打破了一只饭碗，
　　　　破坏东西的愉快，
　　　　今晨又感到了。

七〇　　试拉着猫的耳朵，
　　　　喵的叫了，
　　　　听着惊喜的孩子的脸啊。

七一　　为什么会这样的软弱，
　　　　屡次申斥着怯懦的心，
　　　　出门借钱去。

七二　　无论怎么等着等着，
　　　　应来的人总没有来的这一天，
　　　　把书桌搬来放在这里。

七三　　旧报纸！
　　　　哎呀，这里写着称赏我的歌的话，
　　　　虽然只是两三行。

七四　　搬家的早晨落在脚边的
　　　　女人的照片
　　　　忘记了的照片！

七五　　那时候并没注意到，
　　　　假名[7]写错的真多呀，
　　　　从前的情书！

---

　　〔7〕　注在汉字旁边的日本字，有平假名和片假名两种。

七六　八年以前的
　　　现在的我的妻的成捆的信札，
　　　收在什么地方了呢，有点挂怀了。

七七　失眠的习惯的悲哀呀，
　　　有一点儿渴睡
　　　就仓皇的去睡觉。

七八　要笑也不能笑了——
　　　找了半天的刀子
　　　原来是在手里。

七九　这四五年来
　　　仰看天空的事一回都不曾有过。
　　　这样的事也会有的么？

八十　不用原稿纸，
　　　字是写不成的，
　　　这样坚信的我的孩子的天真啊。

八一　好容易这个月也平安的过去了，
　　　此外也没有贪图，
　　　大年夜的晚上呀。

八二　　那时候常常的说谎,
　　　　坦然的常常的说谎,
　　　　想起来汗都出来了。

八三　　旧信札呀,
　　　　五年前,同那个男子
　　　　曾那样亲近的交往过呀!

八四　　名字叫什么呀,
　　　　姓是铃木,
　　　　现今在哪里干什么事呢?

八五　　看着那写着"生产了"的明信片,
　　　　暂时间
　　　　现出爽快的脸色来了。

八六　　"看哪,
　　　　那个人也生了孩子了。"
　　　　仿佛安心了似的睡下了。

八七　　"石川是个可怜的家伙。"
　　　　有时候自己这样的说了,
　　　　独自悲伤着。

八八　　推开房门迈出一只脚去，
　　　　在病人的眼里
　　　　是无穷尽的长廊子啊[8]。

八九　　仿佛感到
　　　　放下了重荷的样子，
　　　　来到这病床上睡下了。

九〇　　"那么性命不想要了么？"
　　　　给医生说了，
　　　　这才沉默了的心啊。

九一　　半夜里忽然醒过来，
　　　　没有理由的想要哭了，
　　　　蒙上了棉被。

九二　　向他说话没有回答，
　　　　仔细看时却在哭着呢，
　　　　那邻床的病人。

---

　　[8]　从这首到第九七首歌，共十首；原题《病院之窗》，发表在《文章世界》杂志一九一一年三月号上。当年二月四日啄木因患慢性腹膜炎入医院，三月十五日才出院，这些歌是在医院里作的。

九三　　靠着病房的窗户，
　　　　看见了好久没见着的警察，
　　　　觉得很高兴呀。

九四　　晴天的悲哀的一种，
　　　　靠着病房的窗户，
　　　　玩味着烟草。

九五　　夜里很迟了，有个病房里那么喧扰，
　　　　是什么人将死了吧，
　　　　我屏住了气息。

九六　　来把脉的护士的手，
　　　　有很温暖的日子，
　　　　也有冰冷而且硬的日子。

九七　　进医院来的头一夜，
　　　　就立即睡着了，
　　　　觉得心里不满意。

九八　　不知怎的觉得
　　　　自己仿佛是个伟大的人哩，
　　　　真是孩子气。

九九　　抚摩着鼓胀的肚皮，
　　　　在医院的床上
　　　　独自感到悲哀。

一〇〇　醒过来时身体疼痛，
　　　　一动不能动，
　　　　几乎想哭了，等待着天明[9]。

一〇一　湿淋淋的出了盗汗，
　　　　天快亮的时候
　　　　还未清醒的沉重的悲哀。

一〇二　模糊的悲哀的感觉
　　　　每到夜里
　　　　就偷偷的来到这病床上。

一〇三　凭了医院的窗户，
　　　　望着形形色色的人们
　　　　精神抖擞的走着。

---

〔9〕 从这首到第一一四首歌，共十五首，原题《在寝台上》，发表在《创作》杂志一九一一年三月号上，也是在医院里作的。

一〇四　　"已经看穿了你的心了!"
　　　　　梦里母亲来了说,
　　　　　哭着又走去了。

一〇五　　像是所想的事情被偷听去了似的,
　　　　　突然的把胸脯退开了——
　　　　　从听诊器那里。

一〇六　　心里悄悄的愿望
　　　　　自己的病变得重到
　　　　　让护士彻夜的忙。

一〇七　　到了医院里,
　　　　　我又恢复了本来的样子,
　　　　　怜爱起妻和孩子来了。

一〇八　　今天早晨刚想着——
　　　　　不要再说谎了——
　　　　　但是现在又说了一个谎。

一〇九　　不知怎的
　　　　　总觉得自己是虚伪的硬块似的,
　　　　　将眼睛闭上了。

一一〇　　将今天以前的事情
　　　　　都当作虚伪去看了，
　　　　　然而心里一点也得不到安慰。

一一一　　说要去当军人，
　　　　　叫父母很苦恼的
　　　　　当年的我啊。

一一二　　恍恍惚惚的，
　　　　　胸中描画出来
　　　　　提着剑，骑着马的自己的姿态。

一一三　　姓藤泽的国会议员，
　　　　　我把他看作兄弟一样，
　　　　　曾经为他哭过呢。

一一四　　常常这样的愿望：
　　　　　干下一件什么很大的坏事，
　　　　　却装出若无其事的样子。

一一五　"请静静的睡着吧。"
　　　　有一天医生这么说，
　　　　像是对小孩说话似的[10]。

一一六　从冰袋底下，
　　　　眼睛里发着光，
　　　　睡不着的夜里憎恨着人。

一一七　春雪纷飞，
　　　　用发热的眼睛，
　　　　悲哀的眺望着。

一一八　人间最大的悲哀
　　　　就是这个么？
　　　　忽然将眼睛闭上了。

一一九　查病房的医生多迟慢啊
　　　　把手放在疼痛着的胸上，
　　　　紧闭着双眼。

────────
　　〔10〕　从这首到第一二一首歌，以及从第一二八首到第一三〇首歌，原题《病中十首》，发表在《精神修养》杂志一九一一年四月号上。

一二〇　　定睛看着医生的脸色，
　　　　　别的什么也不去看——
　　　　　胸前疼痛加剧的一天。

一二一　　生了病心也会弱了吧！
　　　　　各式各样的
　　　　　要哭的事情都聚到心中来了。

一二二　　躺着读的书本的重量，
　　　　　拿得疲劳了，
　　　　　把手休息一下，独自沉思着。

一二三　　今天不知为了什么，
　　　　　两回三回
　　　　　总想要一个金壳子的表。

一二四　　什么时候一定想要出的书的事情，
　　　　　封面的事情，
　　　　　说给妻子听了[11]。

---

　　〔11〕　这里所说的想出的书，是指啄木本来想和土岐哀果共同编辑的杂志《树木和果实》。一九一一年二月号的《昴星》上曾登出广告说，这个杂志是红封面，黑色标题，办杂志的宗旨是反映社会现象和澎湃的人民生活的内部活动。这个杂志本来打算在三月出版，因为啄木生了病，就没有刊行。

一二五　　胸前疼痛了,
　　　　　春天的雨雪落下的一天。
　　　　　喝药噎住了,躺下了,闭着眼。

一二六　　新鲜的拌生菜的颜色
　　　　　真可喜悦啊,
　　　　　拿起筷子想尝一尝。

一二七　　斥责小孩,可哀啊这个心,
　　　　　妻啊,不要以为
　　　　　这只是发高烧时的脾气啊。

一二八　　半夜里睡醒觉得棉被沉重时,
　　　　　几乎这样猜疑了:
　　　　　命运压在上面了吧。

一二九　　虽然觉得口渴得难受,
　　　　　连伸出手去
　　　　　拿苹果也懒得动的一天。

一三〇　　冰袋融化了,变得温暖了,
　　　　　自然而然的醒过来,
　　　　　觉得身体疼痛。

一三一　　现在，梦中听见布谷鸟叫了。

　　　　　不能忘记布谷鸟，

　　　　　也是可悲哀的事情[12]。

一三二　　离乡五年了，

　　　　　得了疾病，

　　　　　梦里听到布谷鸟的叫声。

一三三　　布谷鸟啊！

　　　　　围绕着涩民村的山庄的树林的

　　　　　黎明真可怀念呀。

一三四　　来到故乡的寺院旁边的

　　　　　扁柏树的顶上

　　　　　叫着的布谷鸟啊！

一三五　　把脉的手的颤抖

　　　　　煞是可悲呀，

　　　　　给医生申斥了的年轻的护士。

---

　　[12] 从这首到第一五二首歌，共二十二首，原题《病后》，发表在《新日本》杂志一九一一年七月号上。

一三六　　不知什么时候就记住了——
　　　　叫作F的护士的手
　　　　是冰凉的。

一三七　　哪怕一回也罢，
　　　　想走到尽头去看看，
　　　　那个医院的长廊。

一三八　　起来试试，
　　　　又立即想睡下去时，
　　　　疲倦的眼睛所看见的郁金香。

一三九　　连紧握的力气都没有了的
　　　　瘦了的我的手
　　　　真是可怜啊。

一四〇　　想着我的疾病
　　　　那原因是深而且远啊，
　　　　闭了眼睛想着。

一四一　　可悲的是
　　　　我有不愿意生病的心：
　　　　这是什么心啊。

一四二　　想要一个新的身体，
　　　　　抚摩着
　　　　　手术的伤痕。

一四三　　吃药的事情也忘记了，
　　　　　莫名其妙的
　　　　　觉得是令人宽慰的长病啊。

一四四　　叫作波洛丁[13]的俄国人的名字，
　　　　　不知怎的
　　　　　有时候一天几遍的回想起来。

一四五　　不知什么时候走到我的旁边，
　　　　　握我的手
　　　　　又不知什么时候走去了的人们。

一四六　　友人和妻子也似乎觉得可悲吧——
　　　　　生着病，
　　　　　革命的话却还是不绝于口。

---

[13] 波洛丁是俄国无政府主义者克鲁泡特金（一八四二至一九二一年）的化名。

一四七　从前觉得有些距离的
　　　　恐怖主义者[14]的悲哀的心情——
　　　　有一天也觉得接近了。

一四八　这样的景况，
　　　　已经遇着过几回了呀！
　　　　现在只想任凭它去算了。

一四九　一个月只要有三十块钱，
　　　　在乡下就可以安乐的过日子——
　　　　忽然这样的想。

一五〇　今天胸前又疼痛了。
　　　　心想要是死的话，
　　　　就到故乡去死也罢。

一五一　不知不觉已是夏天了。
　　　　用刚病好的眼睛看来觉得愉快的
　　　　雨后的光明。

---

〔14〕 原文是英语"terrorist"的译音，指对统治者采用恐怖手段的人，此处指克鲁泡特金。

一五二　　病了四个月——
　　　　　那些时时变换的
　　　　　药的味道也觉得可怀念。

一五三　　病了四个月——
　　　　　这其间很明显的看出
　　　　　我的孩子长高了，也可悲啊[15]。

一五四　　看着壮健的
　　　　　越长越高的孩子，
　　　　　我却越来越寂寞了，是为什么呢？

一五五　　叫孩子坐在枕头旁边，
　　　　　眈眈的看着她的脸，
　　　　　看得她逃走了。

一五六　　平常老把孩子
　　　　　当作麻烦的东西，
　　　　　不知不觉这个孩子已经五岁了。

---

　　[15]　从这首到第一六二首歌，共十首，原题《五岁的孩子》，发表在《文章世界》杂志一九一一年七月号上。

一五七　　不要像父母，
　　　　　也不要像父母的父母——
　　　　　你的父亲是这样想呀，孩子！

一五八　　可悲的是，
　　　　　（我也是这样的啊）
　　　　　申斥也罢，打也罢，都不哭泣的孩子的心！

一五九　　"工人""革命"这些话，
　　　　　听熟了记得的
　　　　　五岁的孩子。

一六〇　　放开嗓子
　　　　　唱歌的孩子啊，
　　　　　有时候也夸一夸她。

一六一　　不知想着什么——
　　　　　孩子放下了玩具，乖乖的
　　　　　来到我的旁边坐下了。

一六二　　讨点心的时间[16]也忘记了,
　　　　　孩子从楼上眺望
　　　　　街上来往的行人。

一六三　　新的墨水的气味,
　　　　　沁到眼里的悲哀啊,
　　　　　不知不觉庭院已发绿了[17]。

一六四　　注视着席子的一处的刹那
　　　　　所想的是什么事,
　　　　　妻啊,你叫我说出来么?

一六五　　那年的春末的时候,
　　　　　生了眼病所戴的黑眼镜——
　　　　　已经坏了吧。

一六六　　忘记了吃药,
　　　　　好久以来头一次听见
　　　　　母亲的申斥,觉得是可喜的事情。

————————
　　〔16〕　日本习惯,小孩子在下午三点钟吃一次点心。
　　〔17〕　从这首到第一七七首歌。共十五首,原题《某日之歌》,发表在《层云》杂志一九一一年七月号上。

一六七　　把枕边的纸窗开了，
　　　　　眺望天空也成了习惯——
　　　　　因了长久的卧病。

一六八　　心情变得像
　　　　　驯良的家畜一样，
　　　　　热度较高的日子感到百无聊赖。

一六九　　想写点什么看看，
　　　　　拿起钢笔来了——
　　　　　花瓶里的花正是新鲜的早晨。

一七〇　　这一天我的妻子的举动
　　　　　像是解放的女人[18]似的。
　　　　　我凝视着西番莲。

一七一　　有如等待着没有指望的钱，
　　　　　睡了又起来，
　　　　　今天也是这样过去了。

---

〔18〕　见《一握砂》注〔15〕。

一七二　　什么事情都觉得厌烦了，
　　　　　这种心情啊。
　　　　　想起来就吸烟吧。

一七三　　这是在某市时的事情，
　　　　　友人所说的
　　　　　恋爱故事里夹着假话的悲哀呀。

一七四　　好久没有这样了，
　　　　　忽然出声的笑了——
　　　　　觉得苍蝇搓着两手很是可笑。

一七五　　胸前疼痛的日子的悲哀，
　　　　　也像香气很好的烟草一样，
　　　　　有点儿舍不得呀。

一七六　　想要引起一场骚扰来看看，
　　　　　刚才这样想的我，
　　　　　也觉得有点可爱。

一七七　　不知为什么，想给五岁的孩子
　　　　　起个叫索尼亚[19]的俄国名字，
　　　　　叫了觉得喜欢。

一七八　　处身于难解的
　　　　　不和当中，
　　　　　今天又独自悲哀的发怒了[20]。

一七九　　要是养了一只猫，
　　　　　那猫又将成为争吵的种子——
　　　　　我的悲哀的家。

一八〇　　放我一个人到公寓里去好不好，
　　　　　今天又几乎要
　　　　　说出来了。

一八一　　有一天忽然忘了在生病，
　　　　　试着学牛叫——
　　　　　当妻子没有在家的时候。

---

　　[19]　索尼亚是索菲亚的爱称。此处指索菲亚·里沃芙娜·皮罗夫斯卡雅（一八五三至一八八一年），俄国民粹派初期的女革命家。她积极参加了一八八一年三月一日谋刺亚历山大二世的暗杀组织，四月三日被处死刑。

　　[20]　从这首到第一九四首歌，共十七首，原题《养了一只猫》，发表在《诗歌》一九一一年九月号上。

一八二　　悲哀的是我的父亲！
　　　　　今天又看厌了报纸，
　　　　　在院子里同蚂蚁玩耍去了。

一八三　　我这个
　　　　　独生的男孩长成这个样子，
　　　　　父母也觉得很悲哀吧。

一八四　　连茶都戒了
　　　　　祈祷我的病愈的
　　　　　母亲今天又为了什么发怒了。

一八五　　今天忽然想和附近的孩子们玩耍，
　　　　　叫了却不肯来，
　　　　　心里觉得很别扭。

一八六　　病了治不好，
　　　　　也没有死，
　　　　　心情一天比一天坏下去的七月和八月。

一八七　　买来的药
　　　　　已经完了的早晨寄到的
　　　　　友人[21]惠赠的汇票多可悲呀。

一八八　　斥责孩子，
　　　　　她哭着睡着了。
　　　　　伸手摸一摸那稍微张着嘴的睡脸。

一八九　　无缘无故的，
　　　　　起来时觉得肺似乎变小了，
　　　　　快到秋天的一个早晨。

一九〇　　秋天快到了！
　　　　　手指的皮触着了电灯泡，
　　　　　暖暖和和的觉得很可亲啊。

一九一　　在午睡的孩子的枕边
　　　　　买个洋娃娃来摆上，
　　　　　独自觉得高兴。

---

〔21〕　指宫崎郁雨。

一九二　　我说基督是人，
　　　　　妹妹的眼睛里带着悲哀的样子，
　　　　　在可怜我了。

一九三　　叫人把枕头摆在廊沿上，
　　　　　好久没有这样了，
　　　　　且来亲近傍晚的天空吧。

一九四　　在院子外边有白狗走过去了，
　　　　　回过头来和妻子商量着：
　　　　　"我们也养一只狗吧。"

叫子和口哨

啄木在一九一一年七月号的《创作》杂志上发表了六首诗，原题《无结果的议论之后》。以后他又给每首诗加了一个题目，附上《家》和《飞机》二首，加上一个总题为《叫子和口哨》。啄木死后，在遗稿中发现了《无结果的议论之后》还有没发表的三首。从诗稿上标的次序来看，这三首是第一、八、九首，而原来发表的六首是第二到第七首。现作为补遗，附在后面。《无结果的议论之后》第八首提到了"叫子"，而《一握砂》第一六二首说：

　　"夜里睡着也吹口哨，

　　口哨乃是

　　十五岁的我的歌。"

　　从这两首歌中可以看出为什么啄木给这组诗起名为《叫子和口哨》。

　　根据岩波书店版《啄木全集》第三卷译出。

无结果的议论之后

我们且读书且议论,

我们的眼睛多么明亮,

不亚于五十年前的俄国青年,

我们议论应该做什么事,

但是没有一个人握拳击桌,

叫道:"到民间去!"[1]

我们知道我们追求的是什么,

也知道群众追求的是什么,

而且知道我们应该做什么事。

我们实在比五十年前的俄国青年知道得更多。

但是没有一个人握拳击桌,

叫道:"到民间去!"

---

[1] 此处用的是俄文原语"в народ"。这是民粹派提出来的口号。

聚集在此地的都是青年,
经常在世上创造出新事物的青年。
我们知道老人即将死去,胜利终究是我们的。
看啊,我们的眼睛多么明亮,我们的议论多么激烈!
但是没有一个人握拳击桌,
叫道:"到民间去!"

啊,蜡烛已经换了三遍,
饮料的杯里浮着小飞虫的死尸。
少女的热心虽然没有改变,
她的眼里显出无结果的议论之后的疲倦。
但是还没有一个人握拳击桌,
叫道:"到民间去!"

一九一一年六月十五日,东京

一勺可可

我知道了,恐怖主义者[2]的
悲哀的心——
言语与行为不易分离的
惟一的心,
想用行为来替代
被夺的言语来表示意思的心,
自己用自己的身体去投掷敌人的心——
但这又是真挚的热心的人所常有的悲哀。

无结果的议论之后,
喝着一勺凉了的可可,
尝了那微苦的味,
我知道了,恐怖主义者的
悲哀的,悲哀的心。

一九一一年六月十五日,东京

---

〔2〕 此处指幸德秋水的一派。

书斋的午后

我不喜欢这国里的女人。

读了一半的外国来的书籍的
摸去粗糙的纸面上,
失手洒了的蒲桃酒,
很不容易沁进去的悲哀呀!

我不喜欢这国里的女人。

一九一一年六月十五日,东京

激 论

我不能忘记那夜的激论,
关于新社会里"权力"的处置,
我和同志中的一个年轻的经济学家N君,
无端的引起的一场激论,
那继续五小时的激论。

"你所说的完全是煽动家的话!"
他终于这样说了,
他的声音几乎像是咆哮。
倘若没有桌子隔在中间,
恐怕他的手已经打在我的头上。
我看见了他那浅黑的大脸上,
胀满了男子的怒色。

五月的夜,已经是一点钟了。
有人站起来打开了窗子的时候,

N 和我中间的烛火晃了几晃。
病后的，但是愉快而微热的我的颊上，
感到带雨的夜风的凉爽。

但是我也不能忘记那夜晚
在我们会上惟一的妇女
K君的柔美的手上的指环。
她去掠上那垂发的时候，
或是剪去烛心的时候，
它在我的眼前闪烁了几回。
这实在是N所赠的订婚的指环。
但是在那夜我们议论的时候，
她一开始就站在我这一边。

一九一一年六月十六日，东京

墓志铭

我平常很尊敬他,
但是现在更尊敬他——
虽然在那郊外墓地的栗树下,
埋葬了他,已经过了两个月了。

实在,在我们聚会的席上不见了他,
已经过了两个月了。
他不是议论家,
但是他是不可缺的一个人。

有一个时候,他曾经说道:
"同志们,请不要责备我不说话。
我虽然不能议论,
但是我时时刻刻准备着去斗争。"

"他的眼光常在斥责议论者的怯懦。"

一个同志曾这样的评论过他。

是的,这我也屡次的感觉到了。

但是现在再也不能从他的眼里受到正义的斥责了。

他是劳动者——是一个机械工人。

他常是热心的,而且快活的劳动,

有空就和同志谈天,又喜欢读书。

他不抽烟,也不喝酒。

他的真挚不屈,而且思虑深沉的性格,

令人想起犹拉山区的巴枯宁的朋友[3]。

他发了高烧,倒在病床上了,

可是至死为止不曾说过一句胡话。

"今天是五月一日,这是我们的日子。"

这是他留给我们的最后一句话。

那天早上,我去看他的病,

那天晚上,他终于永眠了。

唉唉,那广阔的前额,像铁槌似的胳膊,

还有那好像既不怕生

---

〔3〕 巴枯宁(一八一四至一八七六年)是俄国的无政府主义者。犹拉山区在瑞士。巴枯宁曾在那里组织犹拉联盟,进行无政府主义者的活动。

也不怕死的,永远向前看着的眼睛——
我闭上眼,至今还在我的目前。

他的遗骸,一个唯物主义者的遗骸,
埋葬在那栗树底下了。
"我时时刻刻准备着去斗争!"
这就是我们同志们替他选定的墓志铭。

打开了旧的提包

我的朋友打开了旧的提包,
在微暗的烛光散乱着的地板上,
取出种种的书籍,
这些都是这个国家所禁止的东西。

我的朋友随后找到了一张照片,
"这就是了!"放在我的手里,
他又静静的靠着窗吹起口哨来了。
这是一张并不怎么美的少女[4]的照片。

---

〔4〕 指索菲亚·里沃芙娜·皮罗夫斯卡雅,见《可悲的玩具》注〔19〕。

家

今天早上醒过来的时候,
忽然又想要可以称作我家的家了,
洗脸的时候也空想着这件事,
从办公的地方做完一天的工作回来之后,
喝着晚餐后的茶,抽着烟,
紫色的烟的味道也觉得可亲,
凭空的这事又浮现在心头——
凭空的,可又是悲哀的。

地点离铁路不远,
选取故乡的村边的地方。
西式的,木造的,干干净净的一栋房,
虽然并不高,也没有什么装饰,
宽阔的台阶,露台和明亮的书房……
的确是的,还有那坐着很舒服的椅子。

这几年来屡次想起的这个家,
每想起的时候房间的构造稍有改变,
心里独自描画着,
无意的望着洋灯罩的白色,
仿佛见到住在这家里的愉快情形,
和给哭着的孩子吃奶的妻同在一间房里,
她在角落里,冲着那边,
嘴边自然的出现了一丝微笑。

且说那庭院又宽又大,让杂草繁生着
到了夏天,夏雨落在草叶上面
发出了声响,听着很是愉快。
又在角落里种着一棵大树,
树根放着白色油漆的凳子——
不下雨的日子就走到那里,
抽着发出浓烟的,香味很好的埃及烟草,
把每隔四五天丸善[5]送来的新刊
裁开那书页,
悠悠的等着吃饭的通知,
或者招集了遇事睁圆了眼睛,
听得出神的村里的孩子们,告诉他们种种

---

[5] 日本东京的大书店,主要卖外国书。

的事情。……
难以捉摸的，而又可悲的，
不知什么时候，少年时代已消逝，
为了每月的生计弄得疲劳了，
难以捉摸的，而又可悲的，
可怀念的，到了什么时候都舍不得抛弃的心情，
在都市居民的匆忙的心里浮现了一下，
还有那种种不曾满足的希望，
虽然起初就知道是虚空的，
眼睛里却总是带着少年时代瞒着人恋爱的神色，
也不告诉妻子，只看着雪白的洋灯罩，
独自秘密的，热心的，心里想念着。

　　　　　　　　　　一九一一年六月二十五日，东京

飞机

看啊,今天那苍空上,
飞机又高高的飞着了[6]。

一个当听差的少年,
难得赶上一次不是当值的星期日,
和他患肺病的母亲两个人坐在家里,
独自专心的自学英文读本,那眼睛多疲倦啊。

看啊,今天那苍空上,
飞机又高高的飞着了。

一九一一年六月二十七日,东京

---

〔6〕 日本陆军是在一九一〇年末第一次买飞机的。

叫子和口哨 补遗

无结果的议论之后（一）

在我的头脑里，
就像在黑暗的旷野中一样，
有时候闪烁着革命的思想，
宛如闪电的迸发——

但是唉，唉，
那雷霆的轰鸣却终于听不到。

我知道，
那闪电所照出的
新的世界的姿态。
那地方万物将各得其所。

可是这常常是一瞬就消失了，
而那雷霆的轰鸣却终于听不到。
在我的头脑里，

就像在黑暗的旷野中一样,
有时候闪烁着革命的思想,
宛如闪电的迸发——

一九一一年六月十五日夜

无结果的议论之后（八）

真是的，那小街的庙会的夜里，
电影的小棚子里，
漂浮着汽油灯的臭煤气，
秋夜的叫子叫得好凄凉啊！
呼噜噜的叫了，随即消失，
四边忽然的暗了，
淡蓝的，淘气小厮的电影出现在我眼前了。
随后又呼噜噜的叫了，
于是那声音嘶哑的说明者，
做出西洋幽灵般的手势，
冗长的说起什么话来了。
我呢，只是含着眼泪罢了。

但是，这已是三年之前的记忆了。
怀抱着无结果的议论之后的疲倦的心，
憎恨着同志中某某人的懦弱，

只是一个人,在雨夜的街上走了回来,
无缘无故的想起那叫子来了,
——呼噜噜的,
又一回,呼噜噜的。——

我忽然的含着眼泪了。
真是的,真是的,我的心又饥饿又空虚,
现今还是同从前一样。

一九一一年六月十七日

无结果的议论之后（九）

我的朋友，今天也在
为了马克思的《资本论》的
难懂而苦恼着吧。

在我的周围，
仿佛黄色的小花瓣，
飘飘的，也不知为什么，
飘飘的散落。

说是有三十岁了，
身长不过三尺的女人，
拿了红色的扇子跳着舞，
我是在杂耍场里看到的。
那是什么时候的事情呢？

说起来，那个女人——

只到我们的集会里来过一回,
从此就不再来了——
那个女人,
现今在做什么事呢?

明亮的午后,心里莫名其妙的不能安静。

可以吃的诗

这篇诗论的原题是《寄自弓町——可以吃的诗》,发表于一九〇九年十一月三十日至十二月七日的《东京每日新闻》上。根据岩波书店版《啄木全集》第九卷译出。

关于诗这东西，我有一个很长的时期曾经迷惑过。

不但关于诗是如此。我至今所走过的是这样的道路：正如手里拿着的蜡烛眼看着变小了，由于生活的压，自己的"青春"也一天一天的消失了。为了替自己辩护，我随时都想出种种理由来，可是每次到了第二天，自己就不能满足了。蜡烛终于燃尽，火也灭了。几十天的工夫，我仿佛投身在黑暗之中——这样的状态过去了。不久我又在黑暗中，静待自己的眼睛习惯于黑暗——这样的状态也过去了。

可是到了现在，我用一种完全不相同的心情，考虑自己所走过的道路，却觉得有种种想要说的事情。

以前我也作过诗，这是从十七八岁起两三年的期间，那时候对我来说，除了诗以外再也没有什么东西了。我从早到晚都渴望着某种东西，只有通过作诗，我这种心情才多少得到发泄的机会。而且除了这种心情以外，我就什么都没有了。——那时候的诗，谁都知道，除了空想和幼稚的音乐，多少还带有一些宗教成分（或者类似的成分）而外，就只是一些因袭的感情了。我回顾自己当时作诗的态度，有一句想说的话。那就是：必须经过许多烦琐的手续，才能知道要在诗里唱出真实的感情。譬如在什么空地上立着一丈来高的树木，太阳晒着它。要感到这件事，非得把空地当作旷野，把树当作大树，把太阳当作朝阳或是夕阳，不但如此，而且看见它的自己也须是诗人，或是旅客，或是年轻的有忧愁的人才行，不然的话，自己的感情就和当时的诗的调子不相合，就连自己也不能满足的。

两三年过去了。我渐渐的习惯于这种手续，同时也觉得这种手续有点麻烦了。于是出现了一种奇怪的情形：我在当时所谓"兴致来了的时候"写不成东西，反而是在自己对自己感到轻蔑的时候，或是等杂志的交稿日期到了，迫于实际情况，才能写出诗来。到了月底，就能作出不少诗来。这是因为每到月底，我就有一件非轻蔑自己不可的事。

所谓"诗人"或"天才"，当时很能使青年陶醉的这些激动人心的词句，不晓得在什么时候已经不能再使我陶醉了。从恋爱当中觉醒过来时似的空虚之感，在自己思量的时候不必说了，遇见诗坛上的前辈，或读着他们的著作的时候，也始终没有离开我过。这是我在那时候的悲哀。那时候我在作诗时所惯用的空想化的手法，也影响到我对一切事物的态度。撇开空想化，我就什么事情也不能想了。

象征诗这个名词当时初次传到日本诗坛上来了。我也心里漠然的想："我们的诗老是这样是不行的。"但是总觉得，新输入的东西只不过是"一时借来的"罢了。

那末怎么办才好呢？要想认真的研究这个问题，从各种意义上来说，我的学问是不够用的。不但如此，对于作诗这事的漠然空虚之感，也妨碍我把心思集中在这上头。当然，当时我所想的"诗"和现在所想的"诗"，是有着很大差别的。

二十岁的时候，我的境遇起了很大的变动。回乡的事，结婚的事，还有什么财产也没有的一家人糊口的责任，同时落到我的身上了。我对于这个变动，不能定出什么方针来。从那以后到今天为止我所受的苦痛，是一切空想家——在自己应尽的责任面前表现得极端卑怯的人——所应该受的。特别是像我这样一个除了作诗和跟它相关联的可怜的自负之外，什么技能也没有的人，所受的痛苦也就更强烈了。

对于自己作诗的那个时期的回想，从留恋变成哀伤，从哀伤变成自嘲。读人家的诗的兴趣也全然消失了。我有一种仿佛是闭着眼睛深入到生活中去似的心情，有时候又带来一种痛快的感觉，就像是自己拿着快刀割开发痒的疙瘩一样。有时候又觉得，像是从走了一半的坡儿上，腰里被拴上一条绳子，被牵着倒退下去的样子。只要我觉得自己待在一个地方不能动了，我就几乎是无缘无故的竭力来对自己的境遇加以反抗。这种反抗常常给我带来不利的结果。从故乡到函馆，从函馆到札幌，从札幌到小樽，从小樽到钏路——我总是这样的漂流谋生。不知从什么时候起，我和诗有如路人之感。偶尔会见读过我以前所写的诗的人，谈起从前的事情，就像曾经和我一起放荡过的友人对我讲到从前的女人似的，引起同样的不快的感觉。生活经历使我起了这样的变化。带我到钏路新闻社去的一位温厚的老政治家曾对人介绍我说："这是一位新诗人。"别人的好意，从来没有像这样使我感到过侮辱。

横贯思想和文学这两个领域的鲜明的新运动的声音[1]，在为了谋生而一直往北方走去的我的耳朵里响着。由于对空想文学的厌倦，由于在现实生活中多少获得了一些经验，我接受了新运动的精神。就像是远远的看去，自己逃脱出来的家着了火，熊熊的燃烧起来，自己却从黑暗的山上俯视着一样。至今想起来，这种心情也还没有忘记。

诗在内容上形式上，都必须摆脱长时间的因袭，求得自由，从现代的日常的言词中选取用语，对于这些新的努力，我当然没有任何反对的理由。"当然应该如此。"我心里这样想。但是对任何人我都不愿意开口说这话。就是说，我只是说什么："诗本来是有某种约束的。假如得到了真的自由，那就非完全成为散文不可。"

---

[1] 指自然主义文学的兴起。

我从自己的阅历上想来,无论如何不愿意认为诗是有前途的。偶然在杂志上读到从事这些新运动的人们的作品,看见他们的诗写得拙劣,我心里就暗暗的觉得高兴。

散文的自由的国土!我虽然没有决定好要写什么东西,但是我带着这种漠然的想法,对东京的天空怀着眷恋。

钏路是个寒冷的地方。是的,只是个寒冷的地方而已。那是一月底的事,我从西到东的横过那被雪和冰所埋没,连河都无影无踪了的北海道,到了钏路。一连好多日子,早晨的温度都是华氏零下二十度到三十度,空气好像都冻了。冰冻的天,冰冻的土。一夜的暴风雪,把各家的屋檐都堵塞了的光景我也看到了。广阔的寒冷的港内,不知从什么地方来的,流冰聚集,有多少天船只也不动,波浪也不兴。我有生以来头一次喝了酒。

把生活的根底赤裸裸的暴露出来的北方殖民地的人情,终于使我的怯弱的心深深的受了伤。

我坐了不到四百吨的破船,出了钏路的海港,回到东京来了。

正如回来了的我不是从前的我一样,东京也不是以前的东京了。回来了的我首先看到对新运动并不怀着同情的人出乎意外的多,而吃了一惊——或者不如说是感到一种哀伤。我退一步想了想这个问题。我从冰雪之中带来的思想,虽是漠然的,幼稚的东西,可是我觉得是没有错误的。而且我发现人们的态度跟我自己对口语诗的尝试所抱的心情有类似之处,于是我忽然对自己的卑怯产生了强烈的反感。由于对原来的反感产生了反感,我就对口语诗因为还没成熟的缘故,不免受到种种的批评这件事,就比别人更抱同情了。

然而我并没有因此就热心的去读那些新诗人的作品。对于那些人同情的事,毕竟只是我本身的自我革命的一部分而已。当然我也没有想过要作这一类的诗。我倒是说过好几次这样的话:"我也作口语诗。"可是说这话的时候,我心里是有"要是作诗的话"这样一个前提的。要末就是遇见对口语诗抱有极端的反感的人的时候我才这么说。

这期间我曾作过四五百首短歌。短歌!作短歌这件事,当然是和上文所说的心情有着龃龉的。

然而作短歌也是有相当的理由的。我想写小说来着。不,我打算写来着,实际上也写过。可是终于没有写成。就像夫妇吵架被打败的丈夫,只好毫无理由的申斥折磨孩子来得到一种快感一样,我当时发现了可以任性虐待某一种诗,那就是短歌。

不久,我不得不承认这一年的辛苦的努力,终于落了空。

我不大相信自己是能够自杀的人，可是又这么想：万一死得成……于是在森川町公寓的一间房里，把友人的剃刀拿了来，夜里偷偷的对着胸脯试过好几次……我过了两三个月这样的日子。

这个时候，曾经摆脱了一个时期的重担又不由分说的落到我的肩上来了。

种种的事件相继发生了。

"终于落到底层了！"弄得我不得不从心底里说出这样的话来。

同时我觉得，以前好笑的事情，忽然笑不出来了。

当时这样的心情，使我初次懂得了新诗的真精神。

"可以吃的诗"，这是从贴在电车里的广告上时常看见的"可以吃的啤酒"这句话联想起来，姑且起的名称。

这个意思，就是说把两脚立定在地面上而歌唱的诗，是用和现实生活毫无间隔的心情，歌唱出来的诗，不是什么山珍海味，而是像我们日常吃的小菜一样，对我们是"必要"的那种诗。——这样的说，或者要把诗从既定的地位拉下来了也说不定，不过照我说来，这是把本来在我们的生活里有没有都没关系的诗，变成必要的一种东西了。这就是承认诗的存在的惟一的理由。

以上的话说得很简略,可是两三年来诗坛的新运动的精神我想就在这里了。不,我想是非在这里不可,我这样说,只不过是承认,从事这种新运动的人们在两三年前就已经感到的事,我现在才切实的感到了。

关于新诗的尝试至今所受到的批评我也想说几句话。

有人说:"这不过是'をり'和'であろ'或是'た'的不同罢了。"[2]这句话不过是指出日本的国语还没有变化到连语法也变了的程度。

还有一种议论说,人的教养和趣味因人而不同。表现出某种内容的时候,用文言或是用口语全是诗人的自由。诗人只须用对自己最便利的语言歌唱出来就好了。大体上说来,这是很有理的议论。可是我们感到"寂寞"的时候,是感到"唉,寂寞呀"呢,还是感到"呜呼寂寞哉"呢?假如感到"唉,寂寞呀",而非写成"呜呼寂寞哉"心里才能满足,那就缺少了彻底和统一。提高一步来说,判断——实行——责任,从回避责任的心出发,将判断也蒙混过去了。趣味这句话,本来意味着整个人格的感情的倾向,但是往往

---

[2] "をり"(nari)是"是"的文言,"である"(deāru)和"だ"(da)是"是"的口语。

194

滥用于将判断蒙混过去的场合。这样的趣味，至少在我觉得是应该竭力排斥的。一事足以概万事。"唉，寂寞呀"非说成"呜呼寂寞哉"才能满足的心里有着无用的手续，有着回避，有着蒙混。这非说是一种卑怯不可。"趣味不同，所以没有办法。"人们常常这样的说。这话除非是这个意思："就是说了你也不见得会懂，所以不说了。"要末就不得不说是卑劣透顶的说法。到现在为止，"趣味"是被当作议论以外的，或是超乎议论之上的东西来对待的，我们必须用更严肃的态度来对待它。

这话离题远一些，前些日子，在青山学院当监督或是什么的一个外国妇女死了。这个妇女在日本居住了三十几年，她对平安朝文学的造诣很深，平常对日本人也能够自由自在的用文言对谈。可是这件事并不能证明这个妇女对日本有十分的了解。

有一种议论说，诗虽然不一定是古典的，只是现在的口语要是用作诗的语言就太复杂，混乱，没有经过洗练。这是比较有力的议论。可是这种议论有个根本的错误，那就是把诗当作高价的装饰品，把诗人看得比普通人高出一等，或是跟普通人不同。同时也包含着一种站不住脚的理论，那就是说："现代日本人的感情太复杂，混乱，没有经过洗练，不能用诗来表达。"

对于新诗的比较认真的批评，主要是关于它的用语和形式的。要末就是不谨慎的冷嘲。但是对现代语的诗觉得不满足的人们，却有一个有力的反对的理由。那就是口语诗的内容贫乏这件事。

可是应该对这件事加以批评的时期早已过去了。

总而言之，明治四十年代[3]以后的诗非用明治四十年代以后的语言来写不可，这已经不是把口语当作诗的语言合适不合适，容易不容易表达的问题了，而是新诗的精神，也就是时代的精神，要求我们必须这么做。我认为，最近几年来的自然主义的运动是明治时代的日本人从四十年的生活中间编织出来的最初的哲学的萌芽，而且在各方面都付诸实践，这件事是很好的。在哲学的实践以外，我们的生存没有别的意义。诗歌采用现代的语言，我认为也是可贵的实践的一部分。

当然，用语的问题并不是诗的革命的全体。

那末，第一，将来的诗非哪样不可呢？第二，现在的诗人们的作品，我觉得满足么？第三，所谓诗人是什么呢？

为了方便起见，我先就第三个问题来说吧。最简捷的来说，我否定所谓诗人这种特殊的人的存在。别人把写诗的人叫作诗人，虽然没有什么关系，但是写诗的人本人如果认为自己是诗人，那就不

---

〔3〕 明治年代共有四十五年，这里指明治四十年到四十五年（一九〇七至一九一二年）。

行。说是不行，或者有点欠妥，但是这样一想，他所写的诗就要堕落……就成了我们所不需要的东西。成为诗人的资格计有三样。诗人第一是非"人"不可。第二是非"人"不可。第三是非"人"不可。而且非得是具有凡是普通人所有的一切东西的那样的人。

话说得有点混乱了，总而言之，像以前那样的诗人——对于和诗没有直接关系的事物，毫无兴趣也不热心，正如饿狗求食那样，只是探求所谓诗的那种诗人，要极力加以排斥。意志薄弱的空想家，把自己的生活从严肃的理性的判断回避了的卑怯者，将劣败者的心用笔用口表达出来聊以自慰的懦怯者，闲暇时以玩弄玩具的心情去写诗并且读诗的所谓爱诗家，以自己的神经不健全的事窃以为夸的假病人，以及他们的模仿者，一切为诗而写诗的这类的诗人，都要极力加以排斥。当然谁都没有把写诗作为"天职"的理由。"我乃诗人也"这种不必要的自觉，以前使得诗如何的堕落呢。"我乃文学者也"这种不必要的自觉，现在也使现代的文学如何与我们渐相隔离呢？

真的诗人在改善自己，实行自己的哲学方面，需要有政治家那样的勇气，在统一自己的生活方面，需要有实业家那样的热心，而且经常要以科学者的敏锐的判断和野蛮人般的率直的态度，将自己心里所起的时时刻刻的变化，既不粉饰也不歪曲，极其坦白正直的记录下来，加以报导。

记录报导的事不是文艺职分的全部，正如植物的采集分类不是植物学的全部一样。但是在这里没有进一步加以评论的必要。总之，假如不是如上文所说的"人"，以上文所说的态度所写的诗，我立刻就可以说："这至少在我是不必要的。"而且对将来的诗人来说，关于以前的诗的知识乃至诗论都没有什么用。——譬如说，诗（抒情诗）被认为是一切艺术中最纯粹的一种。有一个时期的诗人借了这样的话，竭力使自己的工作显得体面一些。但诗是一切艺术中最纯粹的这话，有如说蒸馏水是水中最纯粹者一样，可以作为性质的说明，但不能作为有没有必要的价值的标准。将来的诗人决不应该说这样的话，同时应该断然拒绝对诗和诗人的毫无理由的优待。一切文艺和其他的一切事物相同，在某种意义上来说，在我们只是自己及生活的手段或是方法。以诗为尊贵的东西，那只是一种偶像崇拜。

　　诗不可作得像所谓诗的样子。诗必须是人类感情生活（我想应该有更适当的名词）的变化的严密的报告，老实的日记。因此不能不是断片的。——也不可能是总结的。（有总结的诗就是文艺上的哲学，演绎的成为小说，归纳的成为戏剧。诗和这些东西的关系，有如流水账和月底或年终决算的关系的样子。）而且诗人决不应该像牧师找说教的材料，妓女寻某种男子似的，有什么成心。

　　虽是粗糙的说法，但是从上文中也可以约略知道我所要说的话了。不，还遗漏了一句话没有说。这就是说，我们所要求的诗，必须是生活在现在的日本,使用现在的日本语,了解现在的日本的情况的日本人所作的诗。

其次我自己对于现代的诗人们的诗是否满足的问题,只有这一番话要说。——各位的认真的研究是对外国语知识很缺乏的我所歆羡而且佩服的,但是诸位从研究当中得到了益处,是否同时也受害了呢?德国人喝啤酒来代替喝水,因此我们也来这样做吧——自然还不至于到这个程度,可是假若有几分类似的事,在诸位来说不是不名誉么?更率直的说,诸位关于诗的知识日益丰富,同时却在这种知识上面造成某种偶像,对了解日本的事却忽略了,有没有这样的情况呢?是不是忘了把两脚站定在地面上了呢?

此外,诸位对于想把诗变成新的东西,太热心了,是不是反而忽略了改善自己和自己的生活的重大事情呢?换句话说,诸位曾经排斥过某些诗人的堕落,现在是不是又重蹈他们的覆辙了呢?

诸位是不是有必要将摆在桌上的华美的几册诗集都烧掉,重新回到诸位所计划的新运动初期的心情去呢?

以上把我现在所抱着的对于诗的见解和要求已经大略说明了,从同一立场,我还想对文艺批评的各个方面,加以种种评论。

一九〇九年十一月

代跋

周作人：石川啄木的诗歌是我所顶喜欢的

译得不满意的不但是这一种《古事记》，有些更是近代的作品，也译得很不恰意，这便是石川啄木的诗歌。其实他的诗歌是我所顶喜欢的，在一九二一年的秋天我在西山养病的时候，曾经译过他的短歌二十一首，长诗五首，后来收在《陀螺》里边。当时有一段说明的话，可以抄在这里，虽然是三十年前的旧话了，可是还是很确当：

  啄木的著作里边小说诗歌都有价值，但是最有价值的还要算是他的短歌。他的歌是所谓生活之歌，不但是内容上注重实生活的表现，脱去旧例的束缚，便是在形式上也起了革命，运用俗语，改变行款，都是平常的新歌人所不敢做的。他在一九一〇年末所做的一篇杂感里，对于这些问题说得很清楚，而且他晚年的（案啄木只活了二十六岁，在一九一二年就死了）社会思想也明白的表示出来了。

我一只胳膊靠在书桌上，吸着纸烟，一面将我的写字疲倦了的眼睛休息在摆钟的指针上面。我于是想着这样的事情。——凡一切的事物，倘若在我们感到有不便的时候，我们对于这些不便的地方可以不客气的去改革它。而且这样的做正是当然的，我们并不为别人的缘故而生活着，我们乃是为了自己的缘故而生活着的。譬如在短歌里，也是如此。我们对于将一首歌写作一行的办法，已经觉得不便，或者不自然了，那么便可以依了各首歌的调子，将这首歌写作两行，那首歌写作三行，就是了。即使有人要说，它本身如既然和我们的感情不能翕然相合，那么我们当然可以不要什么客气了。倘若三十一字这个限制有点不便，大可以尽量的去做增字的歌。（案日本短歌定例三十一字，例外增加字数通称为字余。）至于歌的内容，也不必去听那些任意的拘束，说这不像是歌，或者说这不成为歌，可以别无限制，只管自由的说出来就好了。只要能够这样，如果人们怀着爱惜那在忙碌的生活之中，浮到心头又复随即消去的刹那刹那的感觉之心，在这期间歌这东西是不会灭亡的。即使现在的三十一字变成了四十一字，变成了五十一字，总之歌这东西是不会灭亡的。我们因了这个，也就能够使那爱惜刹那刹那的生命之心得到满足了。

我这样想着，在那秒针正走了一圈的期间，凝然的坐着，我于是觉得我的心渐渐的阴暗起来了。——我所感到不便的，不仅是将一首歌写作一行这一件事情。但是我在现今能够如意的改革，可以如意的改革的，不过是这桌上的摆钟砚台墨水瓶的位置，以及歌的行款之类罢了。说起来，原是无可无不可的那些事情罢了。此外真是使我感到不便，感到苦痛的种种的东西，我岂不是连一个指头都不能触它一下么？不但如此，除却对于它们忍从屈服，继续的过那悲惨的二重生活以外，岂不是更没有别的生于此世的方法么？我自己也用了种种的话对于自己试为辩解，但是我的生活总是现在的家族制度，阶级制度，资本制度，知识卖买制度的牺牲。

我转过眼来，看见像死人似的被抛在席上的一个木偶。歌也是我的悲哀的玩具罢了。

啄木的短歌只有两册，其一是他在生前出板的，名曰《一握砂》，其二原名《一握砂以后》，是在他死后由他的友人土岐哀果给他改为《可悲的玩具》了。他的短歌是所谓生活之歌，与他的那风暴的生活和暗黑的时代是分不开的，几乎每一首歌里都有它的故事，不是关于时事也是属于个人的。日本的诗歌无论和歌俳句，都是言不尽意，以有余韵为贵，唯独啄木的歌我们却要知道他歌外附带的情节，愈详细的知道愈有情味。所以讲这些事情的书在日本也很出了些，我也设法弄一部分到手，尽可能的给那些歌做注释，可是印刷上规定要把小注排在书页底下，实在是没有地方，那么也只好大量的割爱了。啄木的短歌当初翻译几首，似乎也很好的，及至全部把它译出来的时候，有些觉得没有多大意思，有的本来觉得不好译，所以搁下了。现在一股脑儿译了出来，反似乎没有什么可喜了。这是什么缘故呢，大概就是由于上述的情形吧？

节选自《我的工作五》

编后记

"周作人生活美学系列图书"包括周作人先生《我这有限的一生》《日常生活颂歌》《都是可怜的人间》三本著作以及《枕草子》《从前的我也很可爱啊》两本译作。此次出版，我们参照了目前流行的各种版本，查漏补缺，校正讹误，重新厘出"人生""生活"兼周作人"旁观其他"的杂文主题，并重新拟定前述书名。这套书是从文学角度来阅读周作人，不代表任何其他立场。请知悉。

本书《从前的我也很可爱啊》的编辑过程中，由于作者和译者生活所处年代，在标点、句式的用法上难免与现在的规范有所不同，为保持原著风貌，本版均未做改动。另外，各书中一些常用词汇亦与现在的写法不同，如"要末"即为"要么"，"砂滩"即为"沙滩"，"悉悉索索"即为"窸窸窣窣"，"铁槌"即为"铁锤"，"那末"即为"那么"，"出板"即为"出版"，"惟一"即为"唯一"，"寒伧"即为"寒碜"，"发见"即为"发现"，"桔子"即为"橘子"，等等。并且，在当时的语言环境中，"的""地""得"不分，以及"拣""捡"、"做""作"混用现象也是平常的。请读者在阅读过程中，根据文意加以辨别区分。

各书中的一些译名也与现在一般通用的有所不同，如 "索尼亚"今译为"索尼娅"，"索菲亚·里沃芙娜·皮罗夫斯卡雅"今译为"索菲娅·利沃夫娜·佩罗夫斯卡娅"，等等，此种现象在本书中出现不多，但本次出版也未做改动。

编书如扫落叶，难免有错讹疏漏，盼指正。

图书在版编目（CIP）数据

从前的我也很可爱啊/（日）石川啄木著；周作人译. —北京：北京时代华文书局，2018.7(2023.5 重印)
ISBN 978-7-5699-2298-1

Ⅰ.①从… Ⅱ.①石…②周… Ⅲ.①诗集－日本－近代 Ⅳ.①I313.24

中国版本图书馆 CIP 数据核字 (2018) 第 042525 号

从前的我也很可爱啊
CONGQIAN DE WO YE HEN KEAI A

著　者 | [日] 石川啄木
译　者 | 周作人

出 版 人 | 陈　涛
图书监制 | 陈丽杰工作室
选题策划 | 陈丽杰　汪亚云
责任编辑 | 陈丽杰　汪亚云
封面设计 | 熊　琼　云中 Design Workshop
版式设计 | 迟　稳
责任印制 | 訾　敬

出版发行 | 北京时代华文书局 http://www.bjsdsj.com.cn
　　　　　北京市东城区安定门外大街 136 号皇城国际大厦 A 座 8 楼
　　　　　邮编：100011　电话：010 - 64267955　64267677
印　　刷 | 三河市兴博印务有限公司　0316-5166530
　　　　　（如发现印装质量问题，请与印刷厂联系调换）

开　本 | 880mm×1230mm　1/32　　印　张 | 7　字　数 | 72 千字
版　次 | 2019 年 3 月第 1 版　　　　印　次 | 2023 年 5 月第 6 次印刷
书　号 | ISBN 978-7-5699-2298-1
定　价 | 49.00 元

版权所有，侵权必究